∞ INFINITA
PLUS

<u>M</u>

DE LAS CRÓNICAS DE KANE

MANUAL MÁGICO DE LA CASA DE BROOKLYN

GUÍA DE

DIOSES EGIPCIOS, CRIATURAS, JEROGLÍFICOS, HECHIZOS Y MÁS

RICK RIORDAN

Montena

Un agradecimiento especial a Stephanie True Peters por su ayuda con este libro

Título original: *From the Kane chronicles: Brooklyn House magician's manual: your guide to Egyptian gods & creatures, glyphs & spells and more*

Primera edición: mayo de 2019

© 2018, Rick Riordan
© 2019, Penguin Random House Grupo Editorial, S. A. U.
Travessera de Gràcia, 47-49. 08021 Barcelona
© 2018, James Firnhaber, por las ilustraciones
© 2018, Michelle Gengaro-Kokmen, por los jeroglíficos
© 2019, Ignacio Gómez Calvo, por la traducción

Printed in Spain – Impreso en España

SBN: 978-84-17671-52-5
Depósito legal: B-7.549-2019

Compuesto en Comptex & Associats S. L.

Impreso en Limpergraf
Barberà del Vallès (Barcelona)

GT 7 1 5 2 5

Penguin
Random House
Grupo Editorial

Para todos los jóvenes magos.

Que vuestras varitas no se rompan nunca

y vuestros jeroglíficos brillen siempre con luz radiante

ÍNDICE

GUÍA DE

DIOSES EGIPCIOS, CRIATURAS, JEROGLÍFICOS, HECHIZOS Y MÁS

ADVERTENCIA

¡Aj!

TRADUCCIÓN: Bueno, ya lo has hecho. Al encontrar este libro, has alertado a los monstruos de los alrededores y los magos enemigos de que tienes poderes mágicos. No tardarán en venir a por ti. Para escapar, pon tu pata sobre la portada del libro. Se abrirá un portal. Entra. Estaremos esperando al otro lado para recibirte (y para darte una bolsa de mareo para la Duat en caso necesario).

Ah, y que sepas que en adelante las cosas podrían volverse un poco raras.

Keops, babuino de la Casa de
Brooklyn

Un poco raras... Sí, es una forma de decirlo. —Sadie

AVISO A LOS RECIÉN LLEGADOS AL PORTAL DE LA AZOTEA

Para evitar ser devorado, da de comer un (1) pavo congelado a Freak, nuestro grifo semidomesticado, por favor. Los pavos están en la pirámide de hielo facilitada por Felix, aprendiz de aguanieve, nieve, hielo y magia de aire acondicionado. —Carter Kane

EL LIBRO DE ESTE LIBRO
por Carter Kane

S aludos, iniciado! Bienvenido a la Casa de Brooklyn. Soy Carter Kane. Mi hermana Sadie y yo somos los encargados de esto... y, sí, somos hermanos de verdad, aunque no nos parecemos en nada. Yo he salido a mi padre, Julius, que tiene ojos marrones y piel morena. Bueno, tenía piel morena. Ahora es más azul... Ya te explicaré el motivo más adelante. Sadie se parece a nuestra madre, Ruby: pálida, rubia y de ojos azules. **Mamá está ahora muy pálida. Transparente, incluso. Pero, claro, es un fantasma, así que... en fin. —Sadie**

Sadie y yo tampoco hablamos igual. Ella tiene acento inglés **Ejem, no, Carter: tú tienes acento estadounidense. —Sadie** porque se crio en Londres con nuestros abuelos después de la muerte de nuestra madre. Mientras tanto, yo viajé por el mundo con nuestro padre, un famoso egiptólogo. Puede parecer divertido, pero, créeme, viajar de un lado a otro sin parar acaba perdiendo la gracia.

Ahora todo eso es agua pasada. Actualmente, Sadie y yo vivimos en la Casa de Brooklyn, el cuartel general del Nomo Vigésimo Primero de la Casa de la Vida. Un «nomo» es una región o distrito. **No una divertida figura de jardín con un gorro rojo puntiagudo. —Sadie** Hay trescientos sesenta nomos en el Per Anj: en egipcio, la Casa de la Vida, la antigua organización mundial de magos egipcios. No me refiero a magos de los que sacan conejos de chisteras, sino a gente que sabe hacer magia de verdad. Gente como Sadie y yo. Y gente como tú. ¡Sorpresa!

¿Cómo sabemos que puedes hacer magia? Porque has encontrado este libro y has llegado aquí sano y salvo, hazañas que indican que la sangre de los faraones corre por tus venas. **La sangre real de los faraones no corre por tus venas. Eso sería asqueroso, por no decir antihigiénico. Solo quería aclararlo. —Sadie** Eso quiere decir que desciendes de la antigua realeza egipcia y que tienes poderes. Poderes mágicos. Volveremos sobre ese punto más adelante, te lo prometo. Ahora quiero contarte cómo surgió este libro.

Mi novia Zia Rashid y yo hacíamos cola para pedir la comida en nuestro restaurante favorito cuando, de repente, ella agarró un cuchillo de plástico y lo blandió como un arma.

20

—¡Mira, Carter! ¡Hay alguien en apuros!

Me puse tenso en el acto.

—¿Qué? ¿Dónde? ¿Quién?

Zia clavó su cubierto en un letrero de SE NECESITA AYUDA que había junto a la caja registradora.

Me relajé.

—Sí, bueno, en realidad no es una petición de ayuda —le expliqué que en La Brocheta había puestos vacantes y le di una de las solicitudes del montón que había en el mostrador.

Mientras ella le echaba un vistazo al papel, su expresión se ensombreció.

—Santo Ra, fíjate en esto. —Me enseñó la sección titulada «Información personal»—. ¡Un truco retorcido para saber el *ren* del solicitante, sin duda!

Un poco de información sobre Zia: la crio un mago egipcio de dos mil años en un cuartel general secreto de El Cairo. Algunos aspectos de la vida moderna todavía son un misterio para ella.

No me entusiasma corregir a mi novia —tiene bastante genio—, pero temí que atacase a los empleados del restaurante si no lo hacía. Y eso no habría estado bien porque 1) los guardias de seguridad del centro comercial no veían con buenos ojos el uso de utensilios de plástico como armas letales, y 2) me estaba muriendo de hambre y quería comer.

Así que le quité con cuidado el cuchillo del puño y le dije:

—No creo que a los que sirven brochetas en un restaurante que se llama La Brocheta les interesen los nombres secretos. Seguramente ni siquiera saben qué es un *ren*, ni el poder increíble que se consigue sabiéndolo.

Zia puso la solicitud en su bandeja de comida con ciertas reservas y la llevó a nuestra mesa, donde pasó a leerla en voz alta.

—«Experiencia anterior.» Seguro que os gustaría saberla —murmuró entre bocado y bocado—. «Cuéntanos más sobre ti.» No, va a ser que no.

Justo entonces me vibró el móvil. Miré el mensaje de texto.

—Walt dice que volvamos a la Casa de Brooklyn. Acaba de llegar un grupo de nuevos reclutas.

Voy a hacer una pausa para presentarte a Walt Stone. Él desciende directamente del rey Tut, el joven faraón de fama mundial con su tumba llena de tesoros. Walt no heredó ningún tesoro de su famoso antepasado. (Al menos, eso creo.) Pero recibió otra cosa: una maldición mortal. Hace poco murió por culpa de esa maldición.

«Vale», te estarás preguntando, «si Walt está muerto, ¿cómo te mandó el mensaje? ¿Es un fantasma?»

Respuesta: Walt no es un fantasma, aunque tampoco pasa nada con los fantasmas. Mi madre es un fantasma y es muy maja. (También hay fantasmas malos. El peor es Setne, un mago perverso con delirios de inmortalidad. Está encerrado dentro de una bola de nieve sobre mi mesa. Puedes darle un buen meneo a la bola cuando te apetezca. Lo odia.) El motivo por el que Walt sigue entre nosotros es que se ha fundido con Anubis, el dios egipcio de la muerte.

La última frase seguramente te ha despertado una segunda pregunta: «¡¿Qué?!».

Me explico. Para existir en nuestro mundo, un dios egipcio necesita un hospedador. Un objeto o un animal o incluso un elemento como el agua o la tierra sirven, pero la mayoría de los dioses prefieren unirse a mortales. A cambio de compartir espacio cerebral, el hospedador humano, o deificado, obtiene pleno acceso al poder de la deidad.

Sadie y yo hemos sido deificados. Zia también; dos veces, de hecho. No voy a mentirte: tener el poder de un dios es increíble. Pero fundirse con una deidad puede ser muy peligroso. **Y también perturbador, sobre todo cuando el dios** *intenta entablar una conversación en tu cabeza. Si me dan a elegir, me quedo con mi monólogo interior, gracias. —Sadie*

A los dioses les gusta mandar. Si les dejas entrar en tu mente, empiezan a presionarte para que hagas lo que ellos quieren. Es casi imposible resistirse, y el riesgo de locura y muerte por sobrecarga es elevado. Por eso nosotros ya no estamos deificados, menos Walt, que es un caso especial porque técnicamente está muerto.

Vale, sigamos con la historia.

Zia y yo regresamos volando a la Casa de Brooklyn gracias a mi grifo Freak. Mientras desmontábamos —con cuidado, porque tiene las alas tan afiladas que resultan mortales—, Walt se reunió con nosotros en la azotea.

—¿Qué tal la comida de La Brocheta? —preguntó mientras lo seguíamos al balcón del segundo piso.

—Deliciosa —dije.

—Peligrosa —me corrigió Zia en tono sombrío. Agitó la solicitud de empleo—. Voy a avisar a Sadie de esto. No quiero que sea víctima de una trampa así.

Una vez que estuvimos fuera del alcance de su oído, informé a Walt del incidente en el centro comercial.

—Zia sabe tanto del antiguo Egipto y de magia que a

24

veces me olvido de que sabe muy poco de la vida moderna.

—Esa es una de las ventajas de tener doble personalidad. —Se dio unos golpecitos en la cabeza—. Walt sabe del mundo moderno y Anubis sabe de magia.

—Qué suerte la tuya.

—Sí, para morirse —convino él.

En la Gran Sala sonaron voces que me recordaron que teníamos nuevos aprendices. Los miré desde arriba mientras se apiñaban nerviosos alrededor de la estatua de mármol negro de Tot de diez metros de altura. Moví la cabeza.

—¿Cuánto crees que saben sobre dioses y sobre las cosas mágicas que se van a encontrar aquí?

—No lo suficiente —dijo Walt en tono fúnebre. **Fúnebre. Muy ingenioso, Carter. —Sadie**

Me apoyé en la barandilla.

—Entonces, podría costarles entender los conceptos mágicos más elementales, como a Zia le ha costado entender lo que es una solicitud de trabajo.

—Probablemente. —Walt se encogió de hombros—. Pero ¿qué podemos hacer nosotros al respecto?

No contesté porque justo entonces Sadie se acercó para reclamar a Walt. **¿Reclamar? ¡No soy posesiva! Simplemente vi que una de las reclutas miraba a mi novio de arriba abajo y decidí que cuanto antes supiera que Walt era mío, mejor. —Sadie**

Me alejé de su demostración pública de afecto. Mi mirada se posó en los objetos que sostenía la estatua de Tot —un papiro y un estilete—, y entonces supe la respuesta a la pregunta de Walt.

—¡Un libro! —solté.

Walt y Sadie se separaron.

—No mires ahora —susurró Walt—, pero Carter ha empezado a gritar nombres al azar.

—Mejor que grite nombres que no otras cosas que podría gritar —contestó Sadie.

Puse los ojos en blanco.

—Me refiero a que deberíamos escribir un libro sobre magia egipcia.

Sadie hizo una mueca.

—Yo no escribo. Yo hablo, y la gente escucha.

Pasé de ella.

—Un libro solo para iniciados. Para que se hicieran una idea de dónde se están metiendo. Les hablaríamos de la Duat, de los dioses y de la senda de los dioses. También incluiríamos anécdotas sobre nuestras experiencias. Podríamos pedirles a los demás residentes de la Casa de Brooklyn que participasen. También a los magos de otros nomos. Y a lo mejor...

Sadie arqueó las cejas.

—¿A los dioses...?

Asentí con la cabeza.

—Sí, a los dioses. Bueno, ¿qué opináis? ¿Escribimos el libro?

Resumiendo, escribimos el libro. No puedo hablar por todo el mundo, pero yo me lo pasé muy bien haciéndolo. **La experiencia no fue del todo mala, y vale la pena leer mis fragmentos. —Sadie** De hecho, estoy considerando escribir un volumen complementario. Lo titularé *Manual de la Casa de Brooklyn para la vida moderna.* Conozco al menos a una maga a la que le sería útil. Si quieres echarme una mano, pásate por mi habitación. O hazme una visita en La Brocheta. Por lo visto, alguien rellenó la solicitud de empleo con mi nombre y quieren contratarme.

Mientras tanto, sigue leyendo, iniciado. Y bienvenido al mundo de la magia egipcia.

Hola. Soy Sadie, la hermana pequeña y más moderna de los Kane. Normalmente, Carter no comete irresponsabilidades —yo me precio de ser una especialista en esa categoría—, así que me sorprendió que dejase desatendido el manuscrito de este libro. Y por «desatendido» me refiero a guardado bajo llave

en el cajón de su escritorio. Sinceramente, cualquiera capaz de lanzar un hechizo combinado *sahad-w'peh* —es decir, «desbloquear-abrir»— podría inutilizar fácilmente sus ineficaces defensas. Como seguidora de Isis, diosa de la magia, yo soy perfectamente capaz de eso, así que en menos de lo que se tarda en decir «gominola», su papiro estaba en mis manos. Como las palabras son mi especialidad, me adelanté y añadí unas cuantas que luego ligué a su papiro con un hechizo de amarre *hi-nehm*. No podía permitir que Carter borrase mi arduo trabajo, ¿verdad?

OH, SADIE. NO TE DISTE CUENTA DE QUE TU HECHIZO HIZO UNA MUESCA EN MI BOLA DE NIEVE, ¿VERDAD, MUÑECA? SÍ, ABRIÓ UN AGUJERO Y EL AGUA SE ESCAPÓ. EL AGUA... Y YO, TU VIEJO AMIGO SETNE.

AHORA EN SERIO, ESTOY MUY EN DEUDA CONTIGO Y CON CARTER POR TRAERME A LA CASA DE BROOKLYN. NO ESTARÍA AQUÍ DE NO SER POR VOSOTROS. AHORA ME VOY A DAR UN GARBEO Y A BUSCAR DETERMINADO LIBRO QUE ME QUITASTEIS. SABES A CUÁL ME REFIERO. CONTIENE PODEROSOS HECHIZOS, INFORMACIÓN SECRETA SOBRE LOS DIOSES... AH, Y MI APARTADO FAVORITO, INSTRUCCIONES PARA VOLVERSE INMORTAL.

HABLANDO DEL TEMA, HE DESCUBIERTO UNA FORMA

NUEVA DE ENFOCAR MI IMPERECEDERA BÚSQUEDA DE LA INMORTALIDAD. («IMPERECEDERA.» ¡JA! QUÉ BUENO. ALGUIEN DEBERÍA APUNTARLO.) SE ME OCURRIÓ DESPUÉS DE QUE ME PRESENTASES A CIERTO TIPO CON PODERES EXTRAORDINARIOS. EXTRAORDINARIOS PARA EGIPTO, AL MENOS. TE LO ASEGURO, CUANDO DEJE DE SER FANTASMA Y ME TRANSFORME EN DIOS, CAUSARÁ REVUELO. —SETNE

NOMO, DULCE NOMO
por Carter Kane

La Casa de Brooklyn tiene todo lo que unos futuros magos necesitan para vivir y aprender confortablemente. También tiene secretos. Me explico.

La Casa de Brooklyn ha estado en nuestra familia durante generaciones. Nuestro padre y su hermano pequeño, Amos, se criaron aquí. Sin embargo, Sadie y yo no supimos de la existencia de la mansión hasta que el tío Amos nos trajo aquí en su barco mágico..., y si vinimos fue porque Set, el dios del mal, había encerrado a papá en un sarcófago dorado y necesitábamos un sitio seguro en el que alojarnos. (Resulta que no era tan seguro, pero eso no lo descubrimos hasta más tarde.)

La primera mañana que Sadie y yo pasamos en la Casa de Brooklyn, ella voló las puertas de la biblioteca para que pudiéramos echar un vistazo dentro. Desde entonces, hemos explorado cada rincón de esta imponente mansión de cinco pisos, del portal de la azotea a las habitaciones pasando por la sala de entrenamiento, la enfermería y la Gran Sala. Hemos dado vueltas por la terraza panorámica con su comedor al aire libre y su piscina de cocodrilo una docena de veces. Incluso hemos curioseado en el armario del material y los cuartos de baño. **Sí, no quedamos para nada como unos raritos. —Sadie** Conocemos cada recoveco de la Casa de Brooklyn.

Al menos eso creíamos. Un buen día descubrimos una pequeña trampilla escondida debajo de una alfombra en la planta baja. Una pequeña trampilla cerrada que no se abrió ni cuando Sadie le lanzó su hechizo *ha-di* más contundente. Para resistir semejante poder destructivo es necesaria mucha magia protectora.

Desconcertados, nos pusimos en contacto con nuestro tío Amos para ver si él sabía algo al respecto. Después de todo, él había vivido en la mansión familiar durante años. Nos contestó enviándonos un viejo plano de corte de cimentación de la Casa de Brooklyn realizado antes de que se elevara en su ubicación actual sobre el almacén abandonado, junto con la siguiente nota:

Niños, vuestro hallazgo me ha dejado estupefacto. **«Estupefacto» sería una palabra estupenda para un hechizo. —Sadie** Que yo sepa, la Casa de Brooklyn se construyó originalmente sobre una mastaba, una antigua tumba egipcia parecida a una pirámide con la punta cortada. Esas tumbas tenían un hueco que conducía de la abertura del techo a la cámara funeraria propiamente dicha, situada muy por debajo del suelo. La planta baja tenía una habitación secreta, llamada *serdab*, que albergaba una estatua del *ka* del difunto, y otra cámara con ofrendas para el más allá. Por qué se construyó una mastaba debajo de la Casa de Brooklyn y si se enterró allí a alguien son misterios para mí. A juzgar por estos dibujos, parece que la trampilla llevaba en un principio a la abertura del hueco del techo. La Casa de Brooklyn se encuentra ahora a mucha altura de la mastaba, pero puede que las dos sigan conectadas mágicamente. Eso me recuerda la trampilla. La magia que la cierra a cal y canto está pensada para impedir la entrada de los residentes de la Casa de Brooklyn... o para mantener algo encerrado dentro de la mastaba. En el segundo caso, ese «algo» —el fantasma de un pariente egipcio fallecido hace mucho sería mi mejor apuesta— seguramente no quiera jugar a hacer palmitas con vosotros si sale. ¡¡¡No os acerquéis!!!

Un abrazo,

Amos

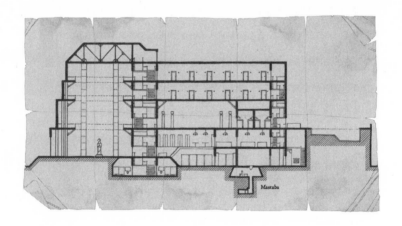

Sorprendentemente, Sadie no se ha acercado. Pero yo sé que sigue pensando en la trampilla y en quién podría acechar en la tumba debajo de la Casa de Brooklyn. ¡Me conoces demasiado bien! Yo también sigo pensando en ello.

Pero no te preocupes. Hemos tomado precauciones para mantener a los residentes de la Casa de Brooklyn a salvo. Hemos incorporado un hechizo de amarre *drowah* alrededor de la trampilla —es la extraña luz del rincón— y hemos reforzado los jeroglíficos del exterior por si la cosa o la persona que hay dentro escapa y trata de volver a entrar. Hemos puesto a Filipo de Macedonia, nuestro *shabti* con forma de cocodrilo albino —una figura moldeada en cera a la que se da vida con magia—, en estado de máxima alerta. Créeme, ningún fantasma atravesará esa trampilla.

¿UNA MASTABA ANTIGUA CON UN ESPÍRITU POSIBLEMENTE MALÉVOLO? ¡ESO YA ES OTRA COSA! PUEDE QUE LOS MAGOS MORTALES NO SEAN CAPACES DE PENETRAR ESA TRAMPILLA MÁGICA, PERO ¿UN MAGO FANTASMA? ¡ESO ESTÁ CHUPADO CON UN LAZO TAS! —SETNE

EL ARMARIO DEL MATERIAL
por Plastilino

Qué estás mirando? ¿Es que no has visto nunca un trozo de cera con forma de hombre sin piernas sosteniendo una carpeta? Pues estás contemplando un *shabti* de primera, amigo mío, así que borra esa sonrisa de tu cara y escucha.

Carter me ha encargado que reparta material a los nuevos iniciados. Yo me tomo el trabajo muy en serio porque me permite salir de su caja de mago. Si te parece divertido estar encerrado todo el día en una caja, tengo un sarcófago que me gustaría enseñarte.

El primer punto de la lista: la ropa. Veamos lo que has traído... Venga ya, te estás quedando conmigo. ¿Un plumífero? Dame eso. ¿No te ha dicho nadie que la ropa hecha con animales interfiere en la magia? No me hagas hablar de la piel. Y deja de quejarte de tu abrigo. En el armario de tu habitación hay una colección de camisas y pantalones de lino. Lo que menos le interesa a cualquiera de nosotros es una casa llena de magos que vayan en bolas.

El siguiente artículo: una varita hecha de marfil de hipopótamo. Ah, ¿así que tienes tu propia varita, eh, jefe? A ver. Hum... ¿Una reliquia de familia? Bonitos grabados en los lados. Imágenes de Tauret y Bes, si no me equivoco. Buenos símbolos protectores. Le doy mi visto bueno. Se rompió en algún momento, pero a juzgar por esas clavijas de marfil, quien la reparó sabía lo que hacía. Un magnífico ejemplar. No lo deshonres usándolo de bumerán. Oh, suele ocurrir. Suele ocurrir.

Sigamos: un báculo de madera. Supongo que también has heredado uno. ¿No? ¿Qué pasó, explotó o se transformó en serpiente y se fue reptando o se partió por la mitad? Sí, acostumbran a hacerlo. Los suelen perder los magos zoquetes que esperan que sus *shabtis* los localicen, así que no pierdas de vista el que te doy. Es el modelo estándar, sin marcas, pero cuando empieces a lanzar hechizos con él, deberían aparecer jeroglíficos de tus poderes mágicos.

¿Qué más? Sí, un kit de mago para el equipo. Puedes elegir esta caja de madera —la tapa está suelta y el acabado es pésimo, estoy de acuerdo— o esta bolsa de piel. Sí, listillo, ya sé que dije que nada de piel. Veo que tendré que explicártelo, así que atiende. La ropa de piel impide hacer

magia. Las bolsas de piel mantienen la magia contenida.
De lo contrario, la magia rezuma de los objetos. Y, créeme,
no te conviene ir por ahí con una bolsa de magia rezuman-
te. Te deja la ropa hecha *isfet*.

Entonces, ¿quieres la caja o...?
¡No la agarres! ¡Primero tengo que
llenarte el kit! Caray. Un ovillo
de bramante, un papiro, un
menhed —para vosotros, los
recién llegados, una paleta
de escriba con tinta— y un
trozo de cera para hacer
shabtis. Si no estás seguro de
qué forma darle a tu trozo
de cera, te recomiendo enca-
recidamente una media se-
ñora de buen ver. Guiño,
guiño, ja, ja.

Y por último, un reposacabezas de marfil. Se pone el
cuello aquí, donde se forma la curva y... No me mires así.
Ya te acostumbrarás. Te lo juro por Ra, si no duermes con
esto todas las noches, te arrepentirás.

Vale, ya estás listo. Buena suerte con el asunto de la
senda de los dioses. ¡El siguiente!

¿LA DU... QUÉ?
por Carter Kane

Soy yo otra vez. Les envié a los demás una petición para que escribiesen este apartado, pero... como ves, soy yo otra vez. *Sí, yo tiré a la basura esa petición. Lo siento. (En realidad no lo siento.) —Sadie*

La Duat es un reino mágico misterioso con múltiples dimensiones que fluye por debajo de nuestro mundo. Los magos emplean el nivel más superficial para almacenar objetos personales. Yo meto mi *khopesh* y mi caja de mago en la Duat: cosas que quiero tener a buen recaudo o que podría necesitar en caso de urgencia. También guardo allí, dentro de una taquilla, el

amuleto *dyed* que mi padre me dio. Es una pequeña talla parecida a una columna vertebral. Simboliza la estabilidad y la fuerza. Lo utilizamos como faro para llamar a nuevos aprendices, así que debiste de verlo cuando encontraste este libro.

Con la debida formación, podrás emplear ese nivel de la Duat para ver otro aspecto mágico oculto. En el mundo corriente, una cosa puede parecer totalmente normal. Pero en la Duat esa cosa puede parecer muy distinta. Por ejemplo, una vez me persiguió un alce por un aeropuerto..., aunque, en realidad, no era un alce, era un monstruo horrible. Sadie, a quien se le da mejor mirar dentro de la Duat, puede ver a Anubis, el dios de la muerte, superpuesto a Walt. **Dos tíos buenos en uno. No está mal, ¿eh? —Sadie** Esa capa superior también sirve para viajar rápido en barco, *ba* —la parte de tu alma correspondiente a tu personalidad— o a través del portal mágico morado.

El nivel inmediatamente inferior de la Duat es el Río de la Noche, la legendaria vía fluvial que el dios del sol Ra recorría en su viaje nocturno. El río pasa por unos sitios increíbles. Pero evítalo hasta que cuentes con un poco de formación mágica, porque también guarda sorpresas desagradables, como unas rocas dentadas que pueden hacerte trizas, un agua con llamas que puede chamuscarte y, lo peor de todo, un dios de nombre Shezmu que te rociará la cara con un perfume de olor asqueroso.

Hablando de evitar, no te acerques a los niveles más profundos de la Duat. Es donde se encuentran el Mar del Caos y el abismo. Yo escapé por los pelos del Mar del Caos con la cordura intacta. En cuanto al abismo, si buscas desaparecer, es el sitio donde tienes que estar. O no estar. Sinceramente, ¿por qué querría ir alguien allí? Esa es la pregunta.

¿UN AMULETO *DYED*? ¡GENIAAAAAAL! ME VENDRÍA BIEN UNO. LO EXPRIMIRÍA AL MÁXIMO. ¿Y ES POSIBLE QUE TU TAQUILLA TAMBIÉN ESCONDA EL ANTIGUO PAPIRO QUE HE ESTADO BUSCANDO? DIME LA COMBINACIÓN, COLEGA, Y ECHARÉ UN VISTAZO. —SETNE

BILLETES, POR FAVOR
por Filo Ensangrentado

Encontré este papiro a bordo de nuestro barco, el *Reina Egipcia*. Al parecer, antes de que el capitán con cabeza de hacha de doble filo prestase servicio a nuestra familia, era guía turístico. ¿Quién iba a decirlo? —Carter

Buenas tardes y bienvenidos al *Espíritu de la Duat*, el buque insignia de la compañía naviera Río de la Noche. Soy su guía demoníaco Filo Ensangrentado y haré todo lo que esté en mi mano por matarlos durante la travesía... digo, por protegerlos durante la travesía. Haré todo lo que esté en mi mano por matarlos al final de la visita.

Les informamos de que quienes se apuntaron a la experiencia *ba* guiada por la Duat deben quitar ahora los reposacabezas de marfil de sus camas y dormirse. Todo aquel que no lo haga se perderá la visita. No se devuelve el dinero.

Nuestra aventura en vivo parte del muelle de la Primera Casa justo al ocaso. A continuación pasaremos por las aburridas Segunda y Tercera Casa hasta la Cuarta Casa, donde está situada la Comunidad de Vivienda Asistida Acres Soleados. Allí dispondrán exactamente de una hora de visita. Saluden a la enfermera hipopótamo, pero rechacen cualquiera de sus agujas. Si a los sesenta minutos no han vuelto al barco, prepárense para pasar las siguientes veintitrés horas codeándose con deidades olvidadas y olvidadizas.

De Acres Soleados iremos a la siempre divertida Tierra de los Muertos. (Bueno, divertida para mí, al menos, porque siempre pierdo a un pasajero o dos allí.) Dense un chapuzón en el Lago de Fuego, tomen un aperitivo con Osiris, el dios del inframundo, y luego véanlo en acción en la Sala del Juicio, situada en su oasis insular. Las visitas a cada sitio tendrán una duración limitada. Si desean quedarse más, deberán concertar una partida de *senet* con Jonsu, el dios de la luna. Tengan sus *ren* preparados.

Una vez que hayan vuelto a bordo —o no—, reanudaremos la visita en la Quinta Casa. Luego en la Sexta. Luego en la Séptima, la Octava y, en fin, ya saben por dónde van los tiros... o el filo del hacha, si soy lo bastante sigiloso. La

46

visita concluye en la Duodécima Casa, donde contemplarán un espléndido amanecer. El último, si me salgo con la mía.

Bueno, veo que nuestra luminosa tripulación ya se prepara para zarpar. Les pedimos que guarden sus cajas de mago en un lugar mágico seguro y escuchen atentamente las siguientes normas de seguridad:

1. Mantengan las manos, los pies, las cabezas y otros apéndices colgantes dentro de la embarcación en todo momento. Antes de zarpar deberán quitarse las gafas de sol, los gorros y las barbas postizas. La dirección no se responsabiliza de la pérdida de objetos, extremidades o vidas.

2. En la Duat vive una amplia variedad de criaturas míticas indígenas. Algunas son inofensivas. Otras son bastante ofensivas. Les invitamos a que admiren o teman esas criaturas a una distancia prudencial. Se recomienda no hacer fotografías con flash ni gritar, ya que esas actividades alteran a los demonios.

3. Aunque auguramos un viaje sin
    contratiempos, lo más probable es que
    hagamos saltar sin querer una trampa oculta.
    O quizá la trampa salte sin querer. En caso
    de emergencia mortal, ante ustedes aparecerá
    un *menhed* con una tabla de jeroglíficos
    protectores. Pinten primero el jeroglífico
    correspondiente en su frente y luego
    en las de los niños que viajen con ustedes.

Gracias por su atención. Ahora, sin más preámbulos, les invito a que se recuesten, se relajen y se preparen para disfrutar de su última noche de vida. Quiero decir que se preparen para disfrutar del Río de la Noche. Y, por favor, acuérdense de dar propina al guía cuando salgan para así ponerse a su disposición.

¡Filo Ensangrentado! ¡Odio a ese demonio! Seguro que le prestaría su filo a nuestro peor enemigo en lo que tarda en latir un corazón. Me alegro de que siga en las profundidades de la Duat.
—Sadie

¡FILO ENSANGRENTADO! ¡ME ENCANTA ESE DEMONIO! SE-
GURO QUE ME PRESTARÍA SU FILO CONTRA LOS KANE EN LO
QUE TARDA EN LATIR UN *IB*. POR ESO VOY A HACERLE UNA
VISITA EN LAS PROFUNDIDADES DE LA DUAT. —SETNE

EN LA ZONA
por Carter Kane

Nunca olvidaré la primera clase de adiestramiento que Sadie y yo recibimos. Fue en el Nomo Primero de El Cairo: el cuartel general y el campo de entrenamiento original de los magos de la Casa de la Vida. Nos hicieron pintar en la lengua un jeroglífico que sabía fatal y que se suponía que nos ayudaría a recitar hechizos con claridad. No sé Sadie, pero yo estaba demasiado ocupado con las arcadas para decir algo que no fuera «Puaj». *Todavía parece que Carter tenga arcadas cuando intenta lanzar hechizos, el pobrecillo. —Sadie*

En la Casa de Brooklyn el adiestramiento sigue otra senda: la senda de los dioses, una extraordinaria conexión entre un mago y un dios en la que el mago encauza la magia del dios para aumentar sus capacidades. Vamos a enseñarte a establecer ese vínculo, empezando por unos consejos que yo obtuve de una fuente poco común.

Una noche estaba tumbado en el sofá de la Gran Sala de la Casa de Brooklyn, pensando cómo explicar la senda de los dioses en este libro, cuando un peso peludo me cayó sobre el pecho.

—¡Uf! ¡Keops!

—¡Aj! —Nuestro babuino se disculpó con un gruñido (al menos creo que era una disculpa; podría haber estado recitando el soliloquio de Hamlet perfectamente) y a continuación me agarró la mano y tiró de mí escaleras arriba hasta la cancha de baloncesto cubierta. En el suelo de madera había cuatro camisetas de tirantes de Los Angeles Lakers, como la que llevaba Keops, y cuatro camisetas de manga corta verdes de los Boston Celtics. En el círculo central había un balón de baloncesto.

—Aj. —Keops me metió una hoja de papiro en las manos, apuntó a las camisetas y me miró expectante. Me encogí de hombros sin comprender. Él hizo una mueca de irritación y señaló el papiro con un movimiento brusco del dedo.

El papel estaba lleno de jeroglíficos. Sabía que era algún tipo de hechizo, pero tardé un instante en descifrarlo.

—Un momento. Keops, ¿este hechizo dará vida a esas camisetas?

Él me lanzó una mirada en plan «Pues claro».

Yo había experimentado directamente lo que era la ropa animada después de viajar en un barco pilotado por la gabardina del tío Amos. Me imaginaba por qué Keops quería que despertase a las camisetas. Me encanta el baloncesto. Tiro decentemente siempre que esté solo en la cancha. Pero como me pongan un defensa, no doy una. Lo mismo me pasa driblando, pasando y atrapando rebotes; por desgracia, en casi todos los aspectos del deporte. Ser un negado en la cancha ya era bastante chungo, pero las miradas de soslayo que Keops y sus colegas de pachanga me lanzaban eran aún peores.

Sin embargo, ahora tenía la ocasión de practicar jugadas sin recibir miradas críticas.

—Bueno, a ver qué pasa.

Lo que pasó cuando recité el hechizo fue prácticamente nada. Las camisetas se limitaron a agitarse en el aire sobre el suelo como trapos del polvo. Me concentré más y volví a leer el hechizo. Resultado: Las camisetas se elevaron y se quedaron flotando en el aire a la altura del pecho de un jugador. Una camiseta de árbitro blanca y negra apareció con un silbato flotando donde habría estado la boca.

–Aj. —Keops me lanzó una camiseta de los Celtics: la

número 33, la última que había llevado el gran Larry Bird. No era mi equipo favorito, pero respetaba a Bird. Me la puse y seguí a Keops al círculo central para dar el salto inicial. La camiseta de árbitro se acercó planeando y recogió el balón con su mano invisible.

—Cómo me gusta la magia egipcia —murmuré.

El árbitro hizo sonar el silbato y lanzó el balón hacia arriba. Keops se me adelantó y pasó el balón a su compañero de equipo.

Lo que tuvo lugar a continuación fue el partido de baloncesto más raro que había jugado en mi vida. Raro y humillante, porque, como siempre, jugué de pena. Boté el balón sobre el pie. Mis tiros en suspensión dieron en el aro y rebotaron. Di unos pases horribles a través de la zona que los Lakers interceptaron para luego hacer unos mates atronadores en la otra canasta.

Mi jugada más memorable —o más olvidable— llegó hacia el medio tiempo. Mientras las camisetas de los Lakers movían el balón a toda velocidad por la zona, me lancé para interceptar un pase largo, tropecé y recibí un balonazo en un lado de la cara. Antes de besar el suelo ya estaba inconsciente.

—No sé si quiero que este tío lleve mi camiseta.

—Bueno, no pueden jugar unos con camiseta y otros sin ella porque no tienen piel.

Al oír las voces gemí y abrí los ojos.

Dos *ba* flotaban encima de mí. Uno tenía la cabeza de Larry Bird; el otro, la de Magic Johnson, superestrella de los Lakers y uno de mis jugadores favoritos de todos los tiempos. De hecho, había elegido su número de camiseta, el 32, y los de otros dos cracks de los Lakers, Wilt Chamberlain, que tenía el 13, y Kareem Abdul-Jabbar, que llevaba el 33, como combinación de mi taquilla en la Duat.

Me disponía a incorporarme, pero el *ba* de Bird levantó el ala en señal de advertencia.

—Yo no lo haría, a menos que quieras volver a quedarte grogui.

Me quedé tumbado.

—¿Qué hacéis aquí?

—Hemos venido a darte unos consejos, tío —dijo Magic.

—Vale. —¿Qué otra cosa podía decir? ¿«Oh, no, gracias, sé jugar perfectamente sin vuestra ayuda»?

Magic se sentó en el suelo a mi lado.

—En primer lugar, tienes que encontrar una posición que se ajuste a tus dotes naturales. Intentas jugar de pívot.

No te ofendas, pero no tienes suficiente altura. Tampoco trates de jugar de base, porque ahora mismo tu control del balón deja un poco que desear. Mejor prueba a jugar de escolta o tal vez de alero o ala-pívot.

—Trabaja en los fundamentos —intervino Bird—. Como dijo un gran hombre: «Un ganador es alguien que reconoce los dones que le ha dado Dios, se deja la piel para transformarlos en aptitudes y utiliza esas aptitudes para conseguir sus objetivos». —Se pavoneó—. Es una cita famosa. Seguro que la has oído.

—No —reconocí—. ¿Quién lo dijo?

Bird frunció el ceño.

—Yo.

A Magic por poco le dio un ataque de risa.

—¡Me encanta! Pero Bird tiene razón. Practica los fundamentos hasta que puedas hacerlo dormido. Y asegúrate de que tienes al menos un tiro particular.

—La química del equipo también es importante —añadió Bird—. Si no encajas con tus compañeros, ya has perdido antes de pisar la cancha.

—Posición, fundamentos, tiro particular, química de equipo... Entendido —contesté.

—Un consejo más. —Magic posó un ala en mi hombro—. Relájate. Déjate llevar. Siente el partido.

Bird asintió con la cabeza.

—Es la única forma de que entres en la zona.

—En la zona. —Asentí con la cabeza—. Sí, me gustaría entrar. ¿Algo más?

—Aj —dijo Bird.

—Perdona, eso no lo he entendido —respondí.

Bird dio un codazo a Magic.

—El chaval se está despertando de verdad. Es hora de que nos piremos. —Agitó las alas y alzó el vuelo.

—¿Quieres llegar antes que yo a la canasta? ¡Ni de coña! —Magic se fue volando tras él.

—¡Esperad! ¡Volved!

Me incorporé demasiado rápido. La cabeza me daba vueltas y me desplomé.

—¡Aj!

Cuando me desperté, Keops me presionaba la frente con un paño húmedo. Enseñó los dientes sonriendo, me dio una palmadita en el hombro y se volvió, un gesto que me permitió disfrutar de una vista inquietantemente cercana de su trasero multicolor. Me incorporé con cautela, pero el paño debía de estar empapado en algún remedio para contusiones, porque me sentía estupendamente.

Mejor aún, de hecho, porque había resuelto el problema de cómo explicar la senda de los dioses. Ahí va.

La senda de los dioses empieza por buscar una deidad que se corresponda con tu personalidad, tus dotes y tus intereses; es como encontrar una posición que se adapte a tus capacidades en la cancha. Practicas canalizando la magia de la divinidad para mejorar el control del flujo de poder, del mismo modo que en el baloncesto practicas los fundamentos. Buscas un hechizo particular o una especialidad mágica de la misma forma que buscas un tiro particular. Los equipos de baloncesto necesitan una buena química; un equipo formado por un dios y un mago necesita un vínculo empático —una sensación, experiencia u objetivo común— para que la conexión mágica funcione de verdad.

Y tanto en la senda de los dioses como en el baloncesto, tienes que relajarte y dejarte llevar. Si te resistes, nunca entrarás en la zona mágica.

Ah, y para los que os estáis preguntando cómo fue la segunda parte del partido, los Celtics ganaron a los Lakers por un punto, gracias a una canasta en el último segundo de un servidor.

¿Una analogía deportiva? ¿En serio? Bueno, supongo que sirve. Ah, y por cierto, Keops estaba grabando el partido. ¡Tu ju-

gada más olvidable fue lo más memorable de la noche para mí!

—Sadie

LA SENDA DE LOS DIOSES. SÍ, CUANDO ESTABA VIVO, ME PLANTEÉ SEGUIR ESE CAMINO, PERO RESULTA QUE NO ME GUSTA COMPARTIR EL PODER.

SIN EMBARGO, A TI TE GUSTA COMPARTIR, CARTER, Y ESA ES UNA BUENA NOTICIA PARA MÍ. GRACIAS A LOS NÚMEROS QUE HAS DICHO, LE HE ECHADO EL GUANTE A TU AMULETO DYED, AUNQUE ME HE QUEDADO UN POCO DECEPCIONADO AL VER QUE EL *LIBRO DE TOT* NO ESTABA EN TU TAQUILLA. PERO LO ENCONTRARÉ TARDE O TEMPRANO... LO ENCONTRARÉ. —SETNE

LA
PRIMERA
FAMILIA
DE DIOSES
Y DIOSAS

DISCULPA A LOS DIOSES
Por Carter Kane

Por desgracia, no hemos podido incluir a todos los dioses egipcios en este libro porque como hay cientos, tal vez miles, hubiera tenido un pie de grosor *O, como diríamos los británicos, treinta centímetros* y pesaría una tonelada. *O, como diríamos los británicos, eso es una exageración. —Sadie* De modo que nos hemos quedado con los dioses que hemos conocido, contra los que hemos luchado y con los que hemos compartido cerebro. Pedimos disculpas a los que hemos dejado fuera.

Y que sepas que los cuestionarios de los dioses fueron idea mía. Una idea pésima, según Sadie —«¡Maldito Isfet, Carter, ya tenemos suficientes exámenes en la ABCD!»—, pero en la Academia de Brooklyn para Chicos Dotados (ABCD) no te enseñarán estas cosas, así que los he dejado. De todas formas, Sadie ha incluido las respuestas. Bueno, más o menos. He intentado corregir sus respuestas, pero si tienes alguna pregunta, ven a vernos a Zia o a mí.

EL CUESTIONARIO DE RA

Una historia interesante: en torno a 1352 a.C., un faraón llamado Akenatón trató de acabar con el culto de todos los dioses, menos el del dios del sol, al que llamó Atón. Sin embargo, esa religión monoteísta solo duró mientras Akenatón vivió. Su sucesor, el rey Tut, retomó las antiguas costumbres.

Rodea la respuesta correcta:

1. Ra es:

    a) El dios del sol.

    b) El primer rey de los dioses.

    c) El dios de la creación.

    d) Todas las respuestas anteriores son correctas.

2. ¿Cuál de los siguientes nombres no está relacionado con Ra?

   a) Amón-Ra.

   b) Jepri.

   c) Elvis.

   d) Jnum.

3. ¿Qué animales son sagrados para Ra?

   a) El babuino y el ibis.

   b) El buitre y el cocodrilo.

   c) El escarabajo y el carnero.

   d) El ornitorrinco y la rata.

4. El medio de transporte favorito de Ra es:

   a) Una limusina llena de sobras de comida basura.

   b) Un barco tripulado por esferas de luz brillantes.

   c) Un carro solar.

   d) Un camello pedorro.

5. La forma mortal de Ra es:

   a) Un hombre calvo increíblemente viejo de ojos dorados.

   b) Un payaso con una peluca multicolor.

   c) Un babuino enorme.

   d) Un gigante de piel azul cubierto con un taparrabos.

6. El avatar de Ra es:

   a) Un hombre calvo mucho más grande pero increíblemente viejo de ojos dorados.

   b) Una luz incandescente que brilla tanto que no se puede mirar directamente.

   c) Un enorme escarabajo pelotero.

   d) Todas las respuestas anteriores son correctas.

7. La especialidad mágica de Ra es:

   a) El fuego.

   b) Agitar su látigo.

   c) Crear amuletos.

   d) Roer su cayado.

8. Ra estuvo a punto de morir en una ocasión. ¿Cómo, cuándo y a manos de quién?

   a) A manos del coronel Rubio en el invernadero con el *netjeri*.

   b) A manos de Isis en el barco solar con veneno de serpiente.

   c) A manos de Apofis en la Duat con sus colmillos.

   d) Es una pregunta trampa: Ra «muere» prácticamente a diario cuando amanece.

Respuestas:

1. d: ¡Ra es una deidad muy ocupada! También aceptaríamos una respuesta escrita como «dios de la Maat, orden en el universo».

2. c: Aunque adorado en todo el mundo, Elvis no es, técnicamente, un dios. Jepri es el aspecto de Ra por la mañana. Jnum es su aspecto al ocaso. Amón-Ra no es más que una forma fina de decir Ra.

3. c: Entiendo lo del carnero, que da cabezazos y todo eso, pero ¿un escarabajo que hace rodar su propia caca hasta convertirla en una bola? ¿En serio?

4. b: La limusina pertenece a Bes, del que sabrás más adelante. El carro solar pertenece a otro dios del sol con contactos en Long Island. Y en cuanto al camello pedorro..., no te conviene saberlo.

5. a: Hablamos de un auténtico vejestorio, aunque la última vez que lo vimos tenía una pinta un poco más saludable. El babuino se llama Babi, y el gigante azul, que espero sinceramente que no siga en taparrabos, es Hapi, un dios menor del Nilo.

6. b: Ya, yo también quería que la respuesta fuera la c.

7. a: Sinceramente, se le da bastante bien roer y dar latigazos. En realidad, no sé si tiene capacidades de *sau*.

8. b: Un *netjeri* es un cuchillo negro hecho de hierro meteórico. También aceptaríamos la d, aunque esperamos que nunca presencies esa «muerte», porque como fenómeno raro no tiene igual.

EL UNO ES EL NÚMERO MÁS SOLITARIO

por Zia Rashid

Bueno, Zia, solo tienes que hablar por aquí...

>*Heqat!* ¡Pum!

>Oooh. Plaf.

Uy. ¿Carter?

Vaya, está inconsciente. Voy a...

[*Sonido de un cuerpo siendo arrastrado por el suelo. Murmullos. Pasos que se acercan.*]

Gracias, Jaz, volveré a ver cómo está dentro de un momento. Ostras, ¿sigue grabando este trasto?

Ejem, hola. Aquí, Zia. Deja que te explique lo que ha pasado. Carter me ha puesto algo en la cara. He pensado que iba a atacarme, y mi instinto ha hecho el resto. He invocado mi báculo, lo he agitado y, bueno, Jaz, nuestra experta *rejet*, o sanadora, está curándole la herida de la cabeza. Resulta que lo que me ha puesto encima era este micrófono.

En fin... Carter me recomendó grabar mi historia en

lugar de escribirla. Por lo visto, mis palabras habladas son más fáciles de transcribir que mis jeroglíficos escritos. Yo propuse usar la más vulgar escritura hierática o incluso —escalofrío— la humilde demótica. Él señaló que la grabación ahorraría papiro. Muy bien.

También propuso que sería útil que yo «sacase mis entrañas». Eso no va a ocurrir. Sacar las entrañas es asqueroso. Sé de lo que hablo. Hace poco me vi envuelta en un episodio parecido, cortesía de Apofis, la explosiva serpiente del Caos, y no lo recomiendo.

Además, será más útil que te hable del origen de la existencia.

Al principio había un gran remolino mágico de un vacío monumental: el Mar del Caos, en ocasiones conocido como Isfet. Del Isfet surgió la Maat, la fuerza del orden y la creación nacida de la locura y la destrucción. El Isfet y la Maat estaban en perfecto equilibrio y en perfecta oposición. Como las dos caras de la misma moneda, uno no existiría sin el otro.

Con el tiempo, aparecieron dos dioses. Apofis salió del Mar del Caos y se deslizó hasta las profundidades más oscuras del abismo, donde se retorcía en un estado de furia y odio constantes. Y de la Maat surgió Ra, el dios del sol.

El calor y la luz de Ra se propagaron hacia fuera a través de la Maat y exploraron el espacio vacío que lo rodeaba. Pero su calor y su luz no encontraron nada ni a nadie. Ra estaba solo.

Según la tradición, fue entonces cuando creó a Shu y Tefnut: hermano y hermana, marido y esposa, viento y lluvia. Pero yo sé lo que ocurrió, porque Ra y yo estuvimos conectados en una ocasión. Ser su huésped me permitió ver la creación a través de sus recuerdos. Sentí cómo él retiraba su calor y su luz del vacío y buscaba compañía hacia el interior. De modo que puedo dar fe de que antes de Shu y Tefnut vinieron Jepri y Jnum —alba y ocaso—, fruto de su soledad.

Los tres eran inseparables y al mismo tiempo estaban separados. Jepri rejuvenecía a Ra cada amanecer y a continuación lo enviaba a través del cielo diurno. Jnum se reunía con él cada anochecer al final de su trayecto y se despedía de él cuando Ra iniciaba su viaje nocturno por la Duat.

La presencia de ambos aliviaba la soledad de Ra, pero no la borraba del todo. Él deseaba ardientemente compartir la Maat con otros. Otros que no fueran él y que pudieran aportar complejidad a su existencia, no limitarse a reflejar la uniformidad de su mundo.

Fue entonces cuando creó a Shu y Tefnut. Ellos dieron luz a Geb y Nut, y con el tiempo, les siguieron otros: dioses y diosas, demonios y bestias. Humanos. Plantas. Escarabajos que hacen rodar su propia caca hasta convertirla en bolas. Y el resto, como se suele decir, es mitología.

¿Por qué he elegido esta historia de entre todas las que existen sobre Ra? Porque trata de la senda de los dioses. Ra me eligió como su hospedadora en parte porque soy una poderosa elementalista del fuego. Pero nuestro vínculo era más profundo. Cuando yo era niña, me arrebataron a mi familia. Me quedé sola como Ra. Mi soledad, la soledad de Ra..., nuestro sentimiento común nos conectó y juntos nos volvimos fuertes.

Bueno, ya he acabado. ¿Este es el botón para apagar este trasto...?

Quería preguntarle a Zia por la conexión de Ra con la parte del alma llamada *sheut*, la sombra. (Las otras cuatro partes son el *ba*, la personalidad; el *ka*, la fuerza vital; el *ren*, el nombre secreto, y el *ib*, el corazón.) ¿Tienen las *sheut* creadas con la luz del sol de Ra más, ejem, alma que las creadas, por ejemplo, con la luz de una linterna? Y tengo otra pregunta: ¿Tiene Ra una *sheut*? Y en caso afirmativo, ¿cómo proyecta su propia sombra el dios del sol? —Sadie

EL CUESTIONARIO DE TEFNUT

Shu, el marido de Tefnut y dios del aire, aparece en nuestro mundo como un remolino de basura y escombros. Así pues, ¿cómo se manifestaría Tefnut?, ¿como un charco, como un canalón de desagüe o quizá como un paraguas?

Rellena los espacios en blanco:

1. Tefnut es la diosa de *¿Quién sabe? ¡En mi vida he oído hablar de ella!*

    La respuesta correcta es «la lluvia y la humedad».

2. Tefnut es la hermana de *¿Es Shu? No, espera, no puede ser porque Shu es el marido de Teflón.*

    La respuesta correcta es «Shu», que es su hermano y a la vez su marido. Y se llama Tef*nut*, no Tef*lón*.

¿Tengo la culpa de no querer que esa sea la respuesta correcta? A ver, Carter es mi hermano, así que... Qué asco. —Sadie

3. Tefnut es la madre de <u>un camello pedorro.</u>

   La respuesta correcta es Geb y Nut, ninguno de los cuales es un camello, aunque igual hasta se tiran pedos.

4. Tefnut tiene aspecto de <u>Voy a adelantarme y a remitirte a mi respuesta a la pregunta número 1.</u>

   La respuesta correcta es «diosa con cabeza de león», que coincidiremos en que es una pinta extraña para una diosa de la lluvia y la humedad.

5. Su especialidad mágica es <u>ser la deidad que nadie conoce. En serio, ¿por qué aparece en este libro?</u>

   La respuesta correcta es «el elementalismo del agua». Al menos eso suponemos. Nunca la hemos visto en acción. La hemos incluido en este libro porque es miembro de la primera familia de deidades.

EL CUESTIONARIO DE SHU

¿Verdadero o falso?

1. Shu es el dios del viento y el aire.

   Verdadero   Falso

2. Shu estaba deseando convertirse en abuelo.

   Verdadero   Falso

3. Shu lleva una pluma de halcón.

   Verdadero   Falso

Respuestas:

1. **Verdadero.** También levanta estupendamente remolinos de polvo.

2. **Falso.** Por orden de Ra, Shu utilizó su poder eólico para separar a sus hijos Geb y Nut, de forma que no pudieran concebir a sus propios hijos. La táctica no tuvo éxito. Resultado: Isis, Osiris, Set y Neftis. Más alguien llamado Horus el Viejo, que debió de mantenerse en segundo plano por detrás de Horus el Guerrero, porque nunca se oye hablar de él.

3. **Falso.** Shu lleva una pluma de avestruz, que probablemente vino de otra región de África con el viento.

DAME UN SOPLO
por Leonid, de San Petersburgo (Rusia)

He oído que Shu nacer cuando Ra estornudó. Creo que por ese motivo me alegro de nunca ser el hospedador de Shu. Me volvería quizá el cerebro pegajoso. Así que yo digo *nyet* a ser su anfitrión.

Tefnut tampoco sería divertida. Ella venir de un escupitajo de Ra.

Creo que a veces la magia de Egipto ser algo muy raro.

No tengo ni idea de dónde ha sacado Leonid esa información, pero estoy segura de que proviene de una fuente muy buena y fidedigna, seguramente la mejor de la historia, no esa falsa mitología que se obtiene de otras fuentes. —Sadie

EL CUESTIONARIO DE NUT Y GEB

Mi alumna Alyssa y yo hemos insistido en que estos dos dioses compartan cuestionario. Después de estar separados durante milenios, nos parecía lo mínimo. —Sadie

Une los conceptos con las deidades correspondientes:

1. «Estrellita, ¿dónde estás?»

    Geb   Nut

2. Cajón de arena.

    Geb   Nut

3. Perro hacia abajo.

    Geb   Nut

4. Escapó de los magos.

    Geb   Nut

5. Terremotos.

    Geb   Nut

6. Ganó cinco días más.

    Geb   Nut

7. Galaxias adhesivas que brillan en la oscuridad.

    Geb   Nut

8. Tarta de arena.

    Geb   Nut

9. Ra le lanzó una maldición.

    Geb   Nut

Respuestas:

1. **Nut:** Es la diosa del cielo estrellado.

2. **Geb:** Dios de la tierra, incluida la arena.

3. **Nut:** Normalmente se la representa en esta posición, arqueada sobre los que tiene debajo.

4. **Nut:** El cielo resultó demasiado inmenso para que los magos la atrapasen.

5. **Geb:** Dios de la tierra = terremotos.

6. **Nut:** Según el mito, Ra no quería que ella tuviera hijos. La maldijo para que no pudiera dar a luz ningún día del año. Nut jugó con Jonsu, el dios de la luna y del tiempo, para conseguir más días. Ganó.

7. **Nut:** ¡A los seguidores de su senda les encantan esas cosas!

8. **Geb:** Los seguidores de su senda se pirran por este postre: oreos machacados mezclados con pudin de chocolate y decorados con gusanos de goma, todo metido en un cubo de plástico. ¡Qué rico!

9. **Geb y Nut:** Un intento fallido más de Ra por impedir que tuvieran hijos.

Consulta la entrada de Shu.

EL CUESTIONARIO DE OSIRIS

Los dioses suelen repetir su historia. Hace mucho tiempo —pero mucho mucho— Set, el dios del mal, atrapó a su hermano Osiris en un ataúd. ¿Por qué? Porque es el dios del mal. Hace unos años utilizó la misma trampa, solo que esta vez encerró a Osiris y a su hospedador humano en la cárcel. Si has estado atento, sabrás quién era ese hospedador. Si no, completa el cuestionario y lo averiguarás.

Rodea la respuesta correcta:

1. Osiris es:

   a) El dios cuyo hospedador es Julius Kane.

   b) Azul.

   c) El dios del inframundo.

d) Todas las respuestas anteriores son correctas.

2. Osiris es el padre de:

    a) Shezmu.

    b) Perturbador.

    c) Ammit.

    d) Horus.

3. El símbolo de Osiris es:

    a) Uas.

    b) Sahlab.

    c) Dyed.

    d) Bennu.

4. Su residencia principal es:

    a) La Comunidad de Vivienda Asistida Acres Soleados.

    b) La Rierra de los Demonios.

    c) Un sarcófago dorado.

    d) La Séptima Casa del Río de la Noche en la Tierra de los Muertos.

5. Su residencia principal es:

    a) La Comunidad de Vivienda Asistida Aves Soleadas.

    b) La Sala del Juicio.

    c) Una fábrica de papiros.

    d) El Museo Británico.

5. Su hija mortal favorita es:

    a) Sadie.

    b) Sadie.

    c) Sadie.

    d) Todas las respuestas anteriores son correctas.

Respuestas:

1. **d:** Sí, vale, es nuestro padre. Hace mucho, Osiris fue desterrado a las profundidades de la Duat con los demás dioses. Papá lo liberó y Osiris lo tomó como su hospedador. Por circunstancias que escapaban a su control, se convirtió en una ocupación permanente. Así que, técnicamente, nuestro padre es al mismo tiempo Osiris y Julius Kane.

2. **d:** Shezmu es un dios demoníaco del Río de la Noche. Perturbador es un dios menor del inframundo y la mano derecha de papá. Ammit es un monstruo que se zampa los corazones de los muertos indignos y, sin embargo, es adorable.

3. **c:** *Uas* es un símbolo de poder; *sahlab* es una bebida caliente que se consume en Egipto; *dyed* es el símbolo de la fuerza, la estabilidad y el renacimiento de Osiris, y un *ben-nu* es un fénix.

4. **d:** Acres Soleados es una comunidad de jubilados regentada por nuestra querida amiga y diosa hipopótamo Taueret. La Tierra de los Demonios es..., en fin, debería ser evidente. También habríamos aceptado la opción c, porque Osiris habitó una vez un sarcófago dorado, pero fue algo temporal, y procuramos no hablar del asunto.

5. **b:** ¿Existen las fábricas de papiros?

6. **d:** ¡Grrr, Sadie! ¡Esta pregunta no estaba en el cuestionario original! —Sadie

SIGUE EL PROGRAMA
por Sadie Kane

C omo dios del inframundo, papá —u Osiris, si insistes en las formalidades— decide si los muertos merecen pasar la eternidad en el Aaru (paraíso) o si los condena a que les devoren el corazón (no paraíso). Es una labor importante, pero seguro que se vuelve un poco pesada. Así que como soy una chica muy lista, he pensado: «¿Por qué no animamos un poco el cotarro tomando como modelo un programa de televisión de juicios?». Ya sabes a cuáles me refiero: el juez Cómo-se-llame entra orgulloso con una túnica que le llega al suelo y escucha cómo un individuo sospechoso acusa a otro individuo sospechoso de perpetrar un delito contra él. Después de gritarse, apuntarse agresivamente con el dedo y soltar lágrimas de Sobek, digo, de cocodrilo, el juez se burla de las dos partes y pronuncia un fallo legal vinculante sobre quién ha obrado mal. Unos programas estupendos. Puedes ver de lo que hablo la próxima vez que faltes a clase porque estés enfermo.

Mientras tanto, echa un vistazo a este episodio piloto de «En la Sala» (título provisional) que he enviado a papá.

En la Sala

[*Música dramática y secuencia de títulos: un montaje de primeros planos de papá, Ammit, una gente con pinta desagradable y la Pluma de la Verdad*]

ESCENA: La Sala del Juicio. Un trono vacío sobre un estrado dorado. A la derecha hay una balanza. A la izquierda está tumbado Ammit, la adorable mezcla de cocodrilo, león e hipopótamo que devora los corazones de las almas indignas. Un puñado de espectadores espectrales están sentados en la sala de justicia. Cameo de mamá si le apetece.

VOZ EN OFF: Bienvenidos a la Sala del Juicio. El caso que están a punto de presenciar es real. El demandante y el acusado están muertos, pero sus motivos de queja perduran. La sentencia a favor o en contra es definitiva.

[*Música dramática.*]

ESCENA: Entra Perturbador, un dios menor del inframundo de aspecto decrépito con la piel azul y un tupé de estilo egipcio verdaderamente horrible.

PERTURBADOR: ¡Todos en pie para recibir al honorable juez Osiris!

ESCENA: Papá entra majestuoso con su atuendo de Osiris completo —falda de lino, collares de oro y de coral, sandalias, cayado y látigo en la mano— y se sienta en el trono.

OSIRIS: Bueno, ¿cuál es el primero de la lista de casos pendientes?

PERTURBADOR: Demanda por homicidio culposo.

[*Música dramática.*]

ESCENA: Entran dos fantasmas. El demandante lleva un uniforme de marinero anticuado. El acusado luce un atuendo de mago tradicional con un amuleto del *maw*, el agua, alrededor del cuello.

PERTURBADOR: El marinero inglés afirma que el mago egipcio le causó la muerte en el golfo de Vizcaya.

OSIRIS: El golfo de Vizcaya... ¿De qué me suena eso?

PERTURBADOR [*carraspea incómodo*]: Ah, debe de ser por la Aguja de Cleopatra.

[*Música histórica.*]

VOZ EN OFF: La Aguja de Cleopatra: un regalo del gobierno

egipcio al pueblo de Gran Bretaña. El 8 de septiembre de 1877, el inmenso obelisco de granito rojo fue cargado en el interior de un cilindro de hierro construido especialmente. Un barco británico, el *Olga*, lo remolcó a través del mar Mediterráneo de Alejandría al golfo de Vizcaya, donde el 14 de octubre una tormenta interrumpió su travesía. Olas gigantescas azotaban el cilindro y amenazaban con hundirlo. Seis miembros de la tripulación del *Olga* —incluido el demandante— perecieron tratando de salvar el obelisco. Finalmente cortaron la soga del cilindro y lo dieron por perdido en el mar. Sorprendentemente, fue descubierto cuatro días más tarde flotando frente a la costa de España, con su preciada carga todavía dentro. Después de meses de retraso, el cilindro fue remolcado hasta Londres. El 12 de septiembre de 1878 el obelisco fue erigido por fin a orillas del Támesis.

[*Música dramática.*]

OSIRIS: Hola, marinero. Exponga su caso.

MARINERO: Bueno, yo estaba haciendo mi trabajo. Intentaba salvar el puro de hierro que tenía el monumento de piedra dentro cuando ese tío apareció de la nada. [*Señala al mago egipcio con el dedo.*] Me volví hacia mis compañeros y les pregunté: «¿Quién es ese?». No les dio

88

tiempo a contestar porque, en un santiamén, el egipcio tonto agitó su palo y el cilindro nos tiró al mar.

OSIRIS: ¿Y qué le pasó después?

MARINERO: Me revolqué un poco y luego me ahogué.

OSIRIS: Ah, sí, claro. Mago, ¿qué tiene usted que decir?

MAGO: Soy descendiente del faraón Ramsés II. Ese obelisco tiene inscripciones grabadas que homenajean sus victorias. Yo...

MARINERO: ¡Será posible! Ahí lo tiene: descendiente del faraón. Se cree la repanocha. [*Algunas risas en la sala.*]

MAGO [*Fulminando con la mirada al marinero*]: El obelisco era mi portal para acceder al dios Horus, del que había sido hospedador el gran Ramsés. Yo viví a su sombra durante años, echando mano de su poder.

OSIRIS: ¿Su sombra? Disculpe, pero ¿no estuvo el obelisco enterrado durante siglos en la arena hasta que los ingleses lo desenterraron? [*Más risas.*]

MAGO [*Fulminando ahora con la mirada a Osiris*]: ¡Era mío! Egipto no tenía derecho a regalarlo.

OSIRIS [*Formando una pirámide con los dedos*]: Entiendo. A juzgar por su amuleto, deduzco que es usted elementalista del agua.

MAGO: El mejor que ha existido jamás.

MARINERO: Más bien el mejor que la ha palmado jamás.

[*Risas.*]

OSIRIS: ¡Silencio en la sala!

MARINERO: Lo siento, jefe.

OSIRIS: Entonces, mago, supongo que fue usted al golfo a rescatar el obelisco.

MAGO: ¡Sí! Y lo habría conseguido si hubiera hecho magia desde tierra.

OSIRIS: Ah, pero se vio obligado a salir a mar abierto. La magia se transmite con muchísima más fuerza sobre agua corriente. Lejos de tierra firme, en medio de las olas, no pudo manejar tanto poder. Perdió el control del cilindro. Y murieron hombres, incluido el demandante.

MAGO: Bueno, yo... no sé nada de eso.

OSIRIS: Perturbador, la Pluma de la Verdad, por favor.

MAGO: ¡Está bien! Sí, yo provoqué la tormenta, perdí el control y al final murieron hombres, incluido el demandante.

MARINERO: ¡Eh! ¡Todos le han escuchado! ¡Acaba de reconocer su culpa! ¡No es digno! ¡Cómete su corazón, perrito bonito!

OSIRIS. ¡Silencio! ¡Yo ordeno al perrito bonito..., quiero decir, a Ammit... cuándo tiene que devorar un corazón!

[*Música dramática.*]

VOZ EN OFF: El fallo de Osiris... a la vuelta.

[*Pausa publicitaria.*]

¿Es un buen drama o no lo es? Y con un montón de suspense, añadiría. Por si te pica la curiosidad, la Aguja está conectada con Ramsés II. Seis hombres murieron durante su traslado a Londres. Lo de que los descendientes del faraón reciben un chute de poder cuando están cerca de la Aguja también es cierto. Lo sé porque desciendo de Ramsés II por parte de madre y he experimentado esa energía. Carter recibe una dosis doble como descendiente de Ramsés y porque, al igual que Ramsés, albergó en una ocasión a Horus. En cuanto al mago que provocó la tormenta y las muertes de los marineros, no existen pruebas. Pero no me sorprendería descubrir que la magia tuvo algo que ver con la tragedia.

¡SADIE, PRECIOSA, GRACIAS POR EL CONSEJO! ¡ACABO DE VISITAR EL MONUMENTO DEL BUENO DE TU PAPI Y DEBO DECIR QUE ME SIENTO RECARGADO! —SETNE

EL CUESTIONARIO DE SET

Muchos dioses egipcios aparecen con cabezas de animales reconocibles: un ibis, un halcón, un cocodrilo o un chacal. Set también tiene cabeza de animal, pero a diferencia de los demás, nadie ha podido identificar de qué animal se trata. Por algún motivo, eso hace que me parezca todavía más perverso.

Rellena los espacios en blanco:

1. Set es ¡<u>una serpiente rastrera, asquerosa, manipuladora, cruel e intrigante!</u>

   Aunque se trata de un resumen acertado del carácter de Set, la respuesta que buscábamos era «el dios del mal». Descontamos puntos por llamarlo

93

serpiente. Esa descripción está reservada a Apofis, la serpiente del Caos.

2. El color favorito de Set es el <u>rojo, rojo y más rojo, del tono más oscuro al... bueno, el rosa no, pero el fucsia puede que sí, si está de humor para vestir ropa llamativa.</u>

   Esa es la respuesta correcta. Sin embargo, respecto a su forma de vestir, hay que señalar que la última vez que lo vimos su traje de tres piezas era negro.

3. Los tres últimos hospedadores de Set han sido <u>el tío Amos, la pirámide roja de Arizona (destruida en Washington) y, ejem, ¿el jarrón de malaquita del despacho de Vladimir Ménshikov?</u>

   Esta es una pregunta trampa pensada para descubrir a otras personas en las que Set puede haberse introducido durante su última estancia en el mundo mortal. El tío Amos y la pirámide roja son dos de esos hospedadores; sorprendentemente, «jarrón de malaquita» es una buena respuesta.

4. El avatar de Set es <u>mitad tormenta de arena, mitad fuego, todo gigante rojo rastrero, asqueroso, manipulador, cruel e intrigante.</u>

   Se trata de la respuesta correcta, aunque algo hiperbólica.

5. Set tiene un monstruo especial llamado **Leroy**.

    «Leroy» es el nombre que yo le puse. Su nombre real es «animal de Set». Una extraña mezcla de criaturas: tiene una cabeza con forma de oso hormiguero con dientes muy afilados y orejas cónicas que giran en todas direcciones, un cuerpo musculoso como el de un galgo, pero del tamaño de un caballo, y una cola de reptil con puntas triangulares en el extremo. ¿Si me sorprende que una criatura tan grotesca tenga el nombre del dios del mal? Pues no.

6. Aunque sus nombres suenen parecidos, no debe confundirse a Set con **Leroy**.

    Perdona, pero ¿en qué universo «Set» suena como «Leroy»? La respuesta correcta es «Setne». Es fácil confundirlos porque los dos son malos y manipuladores. Pero Set es un dios y Setne es un mago. O lo era. Ahora es un fantasma atrapado en una bola de nieve de plástico.

Pregunta extra: Set ha propuesto dos alternativas (Muerte Roja Cañera y Día Glorioso) para sustituir su verdadero nombre secreto, Día Aciago. ¿Se te ocurren otras? _Creo que «Murray» le arruinaría el estilo. Voy a llamarlo así de ahora en adelante._

LA LISTA DE COSAS POR DESHACER

De la mesa de Amos Kane, lector jefe, Nomo Primero, en algún lugar por debajo de El Cairo

PARA: Los iniciados del Nomo Vigésimo Primero

ASUNTO: Maldiciones inminentes

Iniciado:

Bienvenido a la Casa de Brooklyn. Estoy deseando conocerte en persona, pero ahora mismo tengo que lanzarte a la piscina. No a la piscina de Filipo de Macedonia; solo es una forma de decir que te voy a encargar tu primera misión.

Tengo información dentro de mi cabeza según la cual ~~Set~~ Murray, el dios del mal, ha repartido maldiciones de crispación por todo el Nomo Vigésimo Primero en venganza por la intromisión de la familia Kane en su persecución de la destrucción mundial. Desencadenadas de una en una, tendrían un impacto menor. Pero como no podía ser de otra forma viniendo de ~~Set~~ Murray, las ha programado para que detonen al mismo tiempo en su próximo cumpleaños: el 29 de diciembre, el cuarto Día Demoníaco. Si esas bombas de relojería mágicas explotasen según lo pla-

97

neado, el nivel de irritación de tu sector se dispararía de inmediato de moderado a extremo y daría lugar a un caos producto de la ira.

Y eso me lleva a tu misión: desactivar las maldiciones, y pronto. Mi estrecha relación con S̶e̶t̶ Murray me impide utilizar mi magia directamente contra la suya, pero he identificado las amenazas conocidas y he presentado unas propuestas para neutralizarlas. Estoy casi seguro de que son soluciones válidas. En caso contrario..., en fin, procura que no caiga sobre mí una maldición demasiado grave.

Amenaza: Atasco peatonal

Los transeúntes que recorren a toda prisa pasillos, corredores y aceras abarrotados hallarán el paso súbitamente cerrado por personas que paseen, deambulen o se detengan justo delante de ellos. Los peatones con prisa intentarán pasar. No lo conseguirán. Acto seguido tratarán de abrirse camino a empujones entre los que les bloquean el paso. Los bloqueadores se ofenderán. Insultos, golpecitos en el pecho y actos de legítima irritación tendrán lugar a continuación.

Solución: Sitúa a los cuatro hijos de Horus en los puntos cardinales alrededor de una posible zona de detección: una acera concurrida en hora punta, por ejemplo. Toca con tu varita el principal pasaje peatonal dentro de la zona y lanza el hechizo doble de «pasar» (*faet*) y «estar en paz» (*ha-tep*). La magia se bifurcará como rayos azules por todas las vías interconectadas. La luz se apagará rápido, pero el hechizo garantizará que el tránsito se mantenga sin contratiempos.

Amenaza: Carritos de choque

~~Set~~ Murray ha implantado magia de tormenta en el asfalto de los aparcamientos de los principales supermercados. El día de su cumpleaños, violentas ráfagas de viento lanzarán los carritos de la compra a toda velocidad contra los desprevenidos vehículos. Las abolladuras y arañazos resultantes enfurecerán a los dueños de los coches, que proferirán palabras no aptas para oídos humanos. Los peatones que vayan despacio también podrán ser blanco de esos peligros con ruedas tambaleantes. Es probable que los afectados sufran un severo bochorno y morados leves.

Solución: Esta maldición no se puede desactivar por adelantado, de modo que hay que intervenir el mismo día del cumpleaños de ~~Set~~ Murray. Distribuye amuletos de hipopótamos, camellos y buitres a equipos de iniciados antes del amanecer. Desplegaos por los posibles focos de las maldiciones. Escondeos con los amuletos preparados. Cuando un carrito de la compra inicie su carrera mortal, aplástalo con un hipopótamo o un camello o mándalo por los aires mediante un buitre. Nota: todos los amuletos de leones, cobras y cocodrilos deberán ser devueltos antes de volver a casa.

Amenaza: Apertura y cierre de la boca

A mucha gente le crispa el sonido que hacen las personas al masticar. Esta maldición se vale de un diabólico ataque triple para intensificar esa irritación. Primero, los sonidos de masticación se volverán más jugosos, más viscosos, más crujientes y más ruidosos de lo normal. Segundo, los ruidos se amplificarán diez veces. Y tercero, quienes coman masticarán con la boca abierta y ofrecerán una visión de su comida imposible de evitar. El nivel moderado de exasperación habitual se disparará a ira digna de Sejmet. Y todos sabemos adónde lleva eso.

Solución: Para impedir esta maldición, primero invoca agua con la palabra divina *maw*. (No te confundas con *mar*, la palabra no tan divina que significa «arcada».) Debido a la enorme cantidad de líquido que la palabra genera, te recomiendo que te pongas dentro o cerca de una bañera vacía. Encanta el agua con una combinación de los hechizos de «silencio» (*hah-ri*) y «dientes» (*sinean*). Embotella el agua en envases reciclables de once centilitros y distribúyelos entre la población como muestras gratuitas. Con suerte, llegarás a suficiente gente para reducir la irritación provocada por el acto de masticar con la boca abierta.

Amenaza: Oh, caca

~~Set~~ Murray ha depositado cientos de montones humeantes de caca de perro reciente por toda la zona de Brooklyn y los ha ocultado con un hechizo combinado de *i'mun-n'dah* («invisibilidad-protección»). Los dos hechizos se interrumpirán exactamente al mediodía del día de su cumpleaños y dejarán al descubierto los zurullos a los pies de los desprevenidos peatones.

Solución: Eliminar esta maldición puede provocar *retch*, de modo que actúa con cautela. Cruzad el Nomo Vigésimo Primero a pie en equipos de dos personas. Al mismo tiempo que andáis, una persona pronunciará la palabra divina que significa «revelar» (*sun-ah*) para dejar al descubierto las cagarrutas. El otro lanzará a continuación un hechizo de «limpiar» (*nidif*). Nota: para evitar cansarte con la magia, llévate un recogecacas y bolsas como refuerzo.

¡MURRAY, VIEJO ZORRO! SIEMPRE HAS SIDO UNA FUENTE DE INSPIRACIÓN PARA MÍ. ESTOY DESEANDO INTERCAMBIAR ANÉCDOTAS PERVERSAS CONTIGO CUANDO ME CONVIERTA EN DIOS. MIENTRAS TANTO, YO TAMBIÉN HE PUESTO UNA PEQUEÑA MALDICIÓN QUE SE ACTIVARÁ CUANDO ABANDONE LA CASA DE BROOKLYN PARA SIEMPRE. —SETNE

EL CUESTIONARIO DE ISIS

Como Isis es la reina de las palabras divinas, me preguntaba si alguna vez ha usado una orden mágica especial, como «abracadabra», para animar sus hechizos. «Pues sí», me soltó Sadie con cara de palo cuando le pregunté. «Es "estupefacto".» Estaba de coña, claro. Eso creo.

¿Verdadero o falso?

1. Isis es la diosa de la sabiduría.

      Verdadero   Falso

2. Isis está casada con Osiris.

      Verdadero   Falso

3. Isis envenenó a Ra.

      Verdadero   Falso

4. Isis salvó a Ra de ser envenenado.

   Verdadero   Falso

5. Isis recompuso a Osiris cuando Set lo desmembró.

   Verdadero   Falso

6. El símbolo de Isis es el *bau*.

   Verdadero   Falso

7. El hijo de Isis es Anubis.

   Verdadero   Falso

8. Isis solo puede volar en forma de milano (el pájaro, no la ciudad).

   Verdadero   Falso

9. Cleopatra VII fue la última hospedadora de Isis en la antigüedad.

   Verdadero   Falso

Respuestas:

1. **Falso.** Isis es la diosa de la magia. En cuanto a lo de ser sabia..., bueno, digamos que en su día tomó algunas decisiones cuestionables, así que va a ser que no.

2. **Verdadero.** Aunque quiero dejar claro que está casada con el dios Osiris, no con mi padre, que es el hospedador de Osiris.

3. **Verdadero.** Isis quería que Osiris fuese el rey de los dioses. Pero Ra, su padre, ocupaba el trono. De modo que le echó encima una serpiente con un veneno para el que no existía antídoto conocido. Ya he dicho que tomó algunas decisiones cuestionables...

4. **Verdadero.** ¡Sorpresa, sorpresa!, había un antídoto, pero solo Isis lo conocía! Accedió a usarlo a cambio del *ren* de Ra, creyendo que su nombre secreto le daría poder sobre él.

5. **Verdadero.** Después de curarlo, Isis «animó» a Ra a ceder el trono a Osiris. Pero Set quería el trono, así que cortó en trocitos a su hermano. Isis recompuso a Osiris con la ayuda de su hermana Neftis. Probablemente, el peor rompecabezas de la historia.

6. **Falso.** Un *bau* es un espíritu malvado, y aunque Isis era intrigante y estaba sedienta de poder, no era malvada. Su símbolo es el nudo *tyt*, un emblema de protección.

7. **Verdadero,** más o menos. Ella adoptó a Anubis después de que Neftis lo abandonara.

Acabo de caer en la cuenta de lo raro que sería que yo saliera con Anubis si siguiera siendo la hospedadora de Isis. —Sadie

8. **Falso.** El milano es un animal sagrado, pero Isis puede volar perfectamente gracias a sus preciosas alas iridiscentes.

9. **Podría ser verdadero, pero es posible que sea falso.** Lee mi relato sobre Horus y lo entenderás.

EL TOQUE MÁGICO
por Sadie Kane

En materia de hechizos y palabras divinas, nadie supera a Isis, la diosa de la magia. Cuando yo era su hospedadora, tenía libre acceso a sus vastos conocimientos. Todavía echo mano de sus poderes cuando lo necesito —en eso consiste la senda de los dioses, recuérdalo—, pero he tenido que acudir a otras partes para aumentar mi biblioteca mágica. Los papiros son una buena fuente, y siempre puedo cruzar el portal del Nomo Primero para consultar al tío Amos, el mejor mago vivo, o charlar en la Duat con el *ba* del lector jefe Iskandar, el mejor mago muerto.

Sin embargo, los papiros, Amos e Iskandar son una birria cuando se trata de canalizar a Isis como diosa de la maternidad. No es un aspecto de su poder al que acceda a menudo, pero de vez en cuando nuestros iniciados más pequeños —renacuajos, como los llamamos— necesitan cuidados maternales. Entonces es cuando agarro mi amuleto *tyt* y recurro a mi madre, que, a pesar de ser un fantasma, es la mejor madre que conozco. Además, ella también ha estado en contacto con Isis, así que puedo conseguir una dosis doble de instinto maternal de una sola fuente.

Hace poco contacté con mamá para pedirle consejo sobre Shelby, nuestra iniciada más pequeña y más poderosa. Así es como transcurrió la conversación:

YO: ¡Mamá! ¡Mamá! ¡Mamá! ¿Estás ahí?

MAMÁ: Sí, cariño, te he oído a la primera. ¿Qué tal estás?

YO: Fatal. Shelby me está sacando de quicio otra vez.

MAMÁ: ¿De qué se trata ahora, ataca con un hechizo *ha-wi* o asusta a la gente con dibujos que cobran vida?

YO: Peor. La ha liado parda con el *ha-di*. Ha destrozado su cuenco de adivinación, su habitación y un buen trozo del suelo del cuarto piso hasta que la he detenido.

MAMÁ: ¿Y cómo la has detenido, si puede saberse?

YO: Esto...

MAMÁ: Oh, cielo, no la habrás atado con un hechizo *tas*, ¿verdad?

YO: La he desatado enseguida. Bueno, casi. No me explico qué le ha hecho estallar.

MAMÁ: Hum... ¿Ha elegido como primer objetivo su cuenco de adivinación? ¿Sabes si había hablado con alguien?

Una pequeña interrupción: la adivinación es un antiguo méto-do de comunicación en el que te acurrucas incómodo sobre un cuenco de bronce poco hondo lleno de aceite de oliva, pides ver a alguien o ver algún sitio y te quedas mirando el cuenco con la esperanza de que esa persona o ese lugar aparezca. Poco prác-tico, poco fiable y nada transportable, la adivinación te puede dar una buena tortícolis.

YO: Puede que Shelby haya hablado con sus padres. He oído que hace poco han tenido otro hijo.

MAMÁ: Ah... Eso lo explica todo.

YO: ¿Ah, sí?

MAMÁ: Sadie, Shelby tiene celos. Se porta mal para lla-mar la atención. Carter hacía lo mismo después de que tú nacieras.

YO: ¿De verdad? ¡Pero si yo era adorable! ¿Cómo podía no quererme?

MAMÁ: Es evidente que llegó a quererte. Pero al princi-pio tenía ataques de celos, daba patadas y puñetazos a todo y a todos. Ahora que lo pienso, eso debería haber-nos indicado que sería un buen hospedador para Horus.

YO: Las patadas y los puñetazos puedo soportarlos; la destrucción absoluta que Shelby ha estado sembran-do..., no tanto. ¿Algún consejo para tratar con ella?

MAMÁ: Prueba con el toque mágico. A mí me sirvió con Carter... y a Isis con Horus.

YO: Pues vas a tener que explicármelo.

MAMÁ. Claro. Mira eso.

En ese momento de la conversación, en la pared de mi cuarto aparecieron unas imágenes holográficas de antiguas estatuas egipcias, esculturas de piedra y pinturas de tumbas. Todas mostraban a una madre meciendo a su hijo pequeño.

YO: Está claro que no sois tú y Carter. ¿Isis y Horus?

MAMÁ: Sí. Se les ve muy a gustito, ¿verdad?

YO: Nunca había pensado en Isis como una madre cariñosa, pero sí.

MAMÁ: Ah, pero esas representaciones no cuentan toda la historia.

Entonces una nueva imagen holográfica de un pequeño dios con cabeza de chacal sustituyó a las de Horus e Isis. Me derretí al reconocer al dios.

YO: ¡Oooh! ¿Es Anubis de bebé?

MAMÁ: Sí, y no vuelvas a hacer ese ruido, por favor. Anubis era el hijo de Neftis y Set, recuerda, pero Set lo rechazó. De modo que Isis y Osiris lo acogieron. Bueno, a Horus no le hacía mucha gracia compartir la atención de sus padres. Se convirtió en su avatar y le dio un berrinche.

YO: Caramba. ¿Y qué hizo Isis, castigarlo?

MAMÁ: Todo lo contrario. Ella también adoptó su avatar y lo rodeó con los brazos. Él forcejeó contra ella, pero ella lo apretó fuerte murmurándole lo mucho que lo quería. Al final, le hizo caso. Retomaron su forma normal, y fue entonces cuando se produjo el abrazo.

YO: Así que el toque mágico es lo mismo que abrazarse.

MAMÁ: Exacto. A Isis le dio resultado; a mí también. Y creo que a ti podría funcionarte, aunque a lo mejor te interesa pedirle a Isis un poco de poder abrazador extra con Shelby.

YO: Gracias, mamá. Lo probaré esta noche. Te quiero.

MAMÁ: Yo también te quiero.

Por si te interesa, darle a Shelby un abrazo de oso me costó una fisura de costilla. Pero mereció la pena porque luego, cuando fui a arroparla en la cama, encontré un dibujo que había hecho de las dos acurrucadas una junto a la otra. Y Shelby estaba sonriendo. Así que misión cumplida... y destrucción adicional evitada.

111

EL CUESTIONARIO DE NEFTIS

Neftis es la diosa de los ríos; concretamente, del Nilo. De modo que sorprende que no tenga más poder. La civilización egipcia creció y prosperó gracias al Nilo, ¿no? Y, sin embargo, Neftis se mantiene en segundo plano por detrás de Set, Isis, Osiris y Ra. Me parece tan contrario a la realidad como si el Nilo corriese del sur al norte.

Contesta a la siguiente pregunta con una breve redacción: ¿Qué siente Neftis por Set?

¡Vaya, qué complicado! Por una parte, lo quiere. Se casó con él, así que debía de quererlo. Por otra, le tiene miedo porque, como dios del mal y la violencia, puede ser violento y malo. Al fin y al cabo, cortó en pedazos a su propio hermano, Osiris, y le arrancó el ojo a su sobrino Horus en combate. Pero, por algún motivo, Neftis confía en que no le hará daño, pese a haberlo desafiado ayudando a Isis a rescatar todas las partes del cuerpo de Osiris (puaj). También la entristece. Tuvo que abandonar a su hijo Anubis porque Set lo rechazó. Así que vuelvo a mi respuesta original: ¡los sentimientos de Neftis por Set son complicados! —Sadie

LA PIEZA QUE FALTA
por Zia Rashid

Hace poco recibí un paquete del Nomo Primero. Dentro había una docena de *ostraca* —trozos de cerámica rota empleados por los antiguos egipcios para escribir y dibujar— y esta nota.

> Querida Zia:
> Hoy ha llegado esto
> para ti de parte de Makan al-Ramal
> al-Hamrah.
> Que te brinden paz
> y comprensión.
> Amos

Once de los fragmentos de cerámica estaban escritos con una letra familiar: la del lector jefe Iskandar. Se me llenaron los ojos de lágrimas cuando vi su letra. Ha pasado a la historia como el poderoso líder de la Casa de la Vida, el mago que decretó que todo mortal que albergase a un dios, voluntariamente o contra su voluntad, sería ejecutado. Pero para mí fue un padre adoptivo bondadoso y amable. Me rescató cuando mi pueblo fue arrasado. Años más tarde, me volvió a salvar desobedeciendo su propia ley y escondiéndome cuando descubrió que era una deificada.

Los *ostraca* eran sus comentarios sobre el día que Neftis me tomó como su hospedadora. Digo «me tomó» porque yo no sabía que estaba albergándola. Iskandar reveló su presencia justo antes de ocultarme en el Lugar de Arenas Rojas. Allí nos metió a las dos, diosa y deificada, en una tumba de agua protegida mágicamente.

Iskandar murió mientras Neftis y yo dormíamos juntas durante tres meses. Nunca he sabido por qué le dejó seguir fundida conmigo... hasta ahora. En cuanto a Neftis, no puedo fingir que la conozco como he llegado a conocer a Ra. Los *ostraca* me han ayudado a entenderla un poco mejor, sobre todo el duodécimo *ostracon*, que estaba escrito con otra letra. No la había visto nunca, pero me resultaba tan familiar como la mía. Comparto los doce contigo para que te ayuden a conocerlos tanto a ella como a Iskandar.

Ostracon n.º 1

Zia ha cambiado desde que volvió de Londres. Su halo amarillo rojizo emite ahora un parpadeo azul, como el azul del centro de una llama. ¿Qué significa? Tal vez simplemente que sus dotes con el fuego se han intensificado.

Ostracon n.º 2

Nuestro *sau* me dice que Zia le ha pedido un amuleto *maw*. Una elementalista del fuego con un símbolo del agua es inquietante. Si fuera otra persona, pero Zia... Aun así, sería prudente vigilarla.

Ostracon n.º 3

Zia está echando una siesta. Pego la oreja a su puerta. Habla en sueños. Hapi está contento. ¿Por qué soñará con el gigante azul que vive en el Nilo?

Ostracon n.º 4

Acabo de pillar a Zia mirando un recuerdo en el Salón de las Eras. Un recuerdo de Set gritando furioso ante la traición de su esposa. Cuando la he apartado, tenía los ojos negros de miedo.

Ostracon n.º 5

Zia se entretiene junto a la fuente de Tot hundiendo los brazos en lo profundo del agua cuando cree que yo no miro.

Ostracon n.º 6

Que Tot me asista, he estado ciego. Mi niña del fuego es la deificada de Neftis.

Ostracon n.º 7

He conversado con la diosa. Sabe desde el principio que Zia no es una hospedadora adecuada. Percibe que su confusión es cada vez mayor. Sin embargo, la diosa no se atreve a marcharse. Teme que Set la descubra y la obligue a unirse a él. Dentro de Zia está a salvo, porque el fuego de la chica oculta su agua.

Ostracon n.º 8

Neftis tiene un plan para salvarlas a las dos. Me ha prometido que protegerá a mi niña fuego. Que Tot me asista, rezo para que dé resultado.

Ostracon n.º 9

Mis viejas manos tiemblan mientras esculpo. Este, mi

último *shabti*, debe ser mi obra maestra, con todos los detalles exactos. Dependen de ello más vidas que la de Zia, pero confieso que la suya es la única en la que pienso.

Ostracon n.º 10

Zia lo sabe. Yo necesitaba un mechón de su pelo para infundir su esencia al *shabti*. Ahora mismo está en contacto con la diosa.

Ostracon n.º 11

El miedo y la confianza de sus ojos cuando he cruzado el cayado y el látigo de Ra sobre su pecho... Se me parte el corazón al recordarlo. Neftis, conserva su cordura. Mantenla a la salvo. Y libérala a la primera oportunidad.

Ostracon n.º 12

He encontrado estos pedazos de cerámica esparcidos entre las aguas de nuestra tumba. Te los envío con lágrimas derramadas por tu pérdida. Que te reúnas con Iskandar en Aaru.

EL CUESTIONARIO DE HORUS

No soy lo que se dice un cachas ni alguien intimidante. (¡Guárdate los comentarios, Sadie!) *Oh, Carter, ¿por qué iba a decir algo cuando te has descrito con tanta exactitud? –Sadie* Sí, fue divertido ser un forzudo mientras albergaba a Horus, el dios de la guerra. El inconveniente de compartir la mente con él —aparte de la amenaza constante de consumirme cuando su poder se volvía demasiado incontrolable— fue tener que escucharle alardear de sus victorias. Qué curioso que nunca hablase de sus derrotas...

Rodea la respuesta correcta:

1. El bisabuelo de Horus es:

    a) Keops.

    b) Imhotep.

    c) Ra.

    d) Tefnut.

2. ¿De qué color es cada ojo de Horus?

    a) Azul celeste y verde mar.

    b) Negro azabache y blanco lechoso.

    c) Dorado y plateado.

    d) Es una pregunta trampa. Sus ojos son unos caleidoscopios de todos los colores.

3. La espada de Horus se llama:

    a) *Jopesh.*

    b) *Udyat.*

    c) *Netjeri.*

    d) *Tjesu heru.*

4. Horus tiene dos animales sagrados, uno de ellos mitológico. ¿Cuáles son?

    a) Pingüino y esfinge.

    b) Hipopótamo y *ureus.*

    c) Cobra y serpopardo.

    d) Halcón y grifo.

5. El avatar de Horus es:

a) Un hipopótamo con cabeza de pingüino.

b) Un guerrero con cabeza de halcón.

c) Una cobra voladora.

d) Una gabardina vacía.

6. Si Horus tuviera un juguete favorito, sería:

a) Unos robots boxeadores.

b) Un puzle de Milán (la ciudad, no el pájaro).

c) Un hula-hop.

d) Un kit de «Pinta la tumba por números».

Respuestas:

1. c: Keops es el nombre de un famoso faraón (también el de nuestro babuino). Imhotep fue un famoso arquitecto, matemático y sanador. Teflón fue... Un momento, ¿quién fue?

2. c: Tot es el de los ojos de caleidoscopios.

3. a: El *udyat* es el símbolo jeroglífico de Horus. Un *netjeri* es un cuchillo hecho de hierro meteórico empleado en la ceremonia de la apertura de la boca. El *tjesu heru* es una asquerosa serpiente de dos cabezas.

4. d: La esfinge, el *ureus* y el serpopardo son extrañas criaturas mitológicas, pero lo más probable es que un antiguo egipcio también consideraría extraño un pingüino.

5. b: He visto una cobra voladora —llamada *ureus*— y una gabardina vacía animada. Pero ¿un hipopótamo con cabeza de pingüino? Venga ya, ni siquiera había criaturas egipcias tan raras.

6. a: Los robots boxeadores es un juego clásico en el que dos robots de plástico se dan puñetazos en la cara una y otra vez hasta que les salta la cabeza. ¿Aburrido? Puede. ¿Divertido? Un montón. ¿Le habría gustado a Horus? ¡Desde luego!

HORUS ENTRA EN CONTACTO CON SU LADO FEMENINO

por Carter Kane

Justo cuando crees que conoces bien a un dios, descubres algo nuevo y sorprendente sobre él, como me pasó a mí en una visita reciente al Nomo Primero. El tío Amos llegaba tarde, así que yo estaba paseando por el Salón de las Eras, el pasillo de varios kilómetros de largo flanqueado por cortinas relucientes de recuerdos que van desde el pasado antiguo al presente. Cada época tiene su color: dorado para los albores del tiempo, plateado y cobrizo para la cúspide del poder de Egipto, azul para los años de la decadencia de Egipto y la caída de Roma, rojo para el inicio de la historia moderna. Nuestra época actual es de un tono morado oscuro.

No paseé por el morado —esa parte ya la conocía— y preferí retroceder en el tiempo. Algo entre el rojo y el azul me llamó la atención. No es buena idea recrearse en el pasado, pero no pude contenerme. Entré en el recuerdo.

Mi mente estalló repleta de imágenes. Vi a una Cleopatra VII veinteañera, la última faraona de Egipto, salir rodando de una alfombra enrollada y caer a los pies de Julio César, un general romano de cincuenta y dos años, que se quedó cautivado por la belleza de la reina. Los dos se hicieron amantes. (Aparté la vista en ese punto.)

¿Cincuenta y dos? Perdón, pero ¡qué asco! Aunque a lo mejor yo no soy la más indicada para opinar, considerando que el chico con el que salgo va a cumplir cinco mil años. —Sadie

El tiempo avanzó rápidamente un año, hasta el 47 a.C. Cleopatra dio a luz a un bebé que apodó Cesarión o Pequeño César. Ella daba por sentado que César, que no tenía más hijos, reconocería al niño. Sentí su júbilo al pensar que un día su hijo heredaría el puesto y la riqueza de César, además del trono de Egipto.

Pero no fue así. César pasó del hijo de Cleopatra y consideró a su sobrino nieto su único heredero. El júbilo de la reina egipcia se transformó en ira. Cuando César fue asesinado tres años más tarde y Octavio pasó a ocupar el puesto de su tío abuelo, su ira degeneró en obsesión por derrocar a Octavio y poner a Cesarión en el trono. Pero no podía hacerlo sola. Así que una noche, con el pequeño Cesarión a su lado, pidió ayuda.

—¡Isis! —El tono exigente de su voz resonó en mi mente—. ¡Isis!

La diosa de la magia apareció. Cleopatra se irguió.

—Me ofrezco como tu hospedadora. —A continuación posó la mano sobre Cesarión—. Y ofrezco a mi hijo como hospedador de tu hijo. —Isis aceptó e invocó a Horus; esa misma noche ambos se fundieron con Cleopatra y Cesarión.

Estuve a punto de salir del recuerdo en ese momento. La idea de que un niño de tres años fuese hospedador del dios de la guerra era espantosa. Entonces me acordé de lo violenta que podía volverse nuestra renacuaja Shelby. Si Cesarión se parecía en algo a ella, probablemente supiera defenderse, a pesar de albergar a Horus.

El recuerdo avanzó rápidamente. Cleopatra se enamoró del rival romano de Octavio, Marco Antonio. Puso su dinero, su ejército y el poder de Isis a su disposición. En el 32 a.C. desafiaron a Octavio por el control de Roma y Egipto. La guerra duró casi dos años. El 1 de agosto del 30 a.C. Octavio ganó.

Devastado y humillado, Marco Antonio se suicidó.

Diez días más tarde, Cleopatra se recluyó en su dormitorio, sacó un áspid mortal de un cesto y presionó sus colmillos contra su pecho. El áspid la mordió y le inyectó veneno en las venas. El veneno de áspid no mata en el acto; simplemente paraliza. Cleopatra se desplomó en la cama y esperó la muerte.

Esas escenas desfilaron por mi mente a una velocidad vertiginosa. Pero cuando el áspid enseñó los colmillos, las imágenes se ralentizaron como si quisieran mostrarme algo importante. Entonces la vi: una serpiente de color rojo oscuro superpuesta al áspid. Aspiré sobresaltada.

¡Era la serpiente del Caos, Apofis!

«No», me corregí. «Es una de sus esbirras.»

Como respuesta a mis pensamientos, el recuerdo volvió a cambiar. Me zambullí en las profundidades del abismo, donde la diosa gato Bast luchaba contra la serpiente del Caos. La diosa vaciló un momento, lo suficiente para que Apofis susurrase una orden a su sierva: «Ataca a Isis».

La esbirra subió disparada a través de la Duat hasta el dormitorio de Cleopatra, se enroscó alrededor del áspid y, cuando el áspid mordió a la reina, la serpiente roja mordió a Isis. Su veneno tuvo el mismo efecto que el veneno del áspid. Cuando Cleopatra quedó paralizada, a Isis le pasó lo mismo.

Isis utilizó una vez una serpiente para envenenar a un dios muy importante. El hecho de que también estuviera a punto de ser víctima de veneno... En fin, el karma, ironías del destino y todo eso. —Sadie

Pero a diferencia de Cleopatra, la diosa no quería morir.

—¡Horus! —llamó.

Su hijo la oyó, abandonó a Cesarión, fue volando al dormitorio de Cleopatra y arrancó a su madre del cuerpo moribundo de la faraona. Huyeron hacia el sur, lejos de Egipto y Roma, y de los magos que, obedeciendo las órdenes del lector jefe Iskandar, estaban desterrando a los dioses. Empleando monumentos, objetos y hospedadores temporales como trampolines, Horus e Isis llegaron a una apartada región nubia llamada Kush.

Yo he estado en las ruinas de Kush con mi padre. Ahora lo veía en sus días de gloria. Kush no era tan majestuoso como Egipto, pero irradiaba poder. En el seno de ese poder se hallaba la líder de la región, una inteligente y feroz guerrera *kandake* llamada Amanirena. **Cuando Carter me contó esta historia, me pareció entender: «Una guerrera del kárate llamada "Ay, mi morena"».** —Sadie *Kandake* quiere decir «reina». Con ella estaba su hijo, el príncipe Akinidad.

Horus apareció ante ellos sujetando entre los brazos a una debilitadísima Isis. Amanirena evaluó enseguida la situación.

—Me ofrezco como hospedadora —dijo. Pero cuando

Horus indicó con la mano a Isis que fuera con la reina, Amanirena levantó la mano—. No de ella, de ti.

La diosa protestó, pero Horus vio la oportunidad de vengarse.

—Aunaré fuerzas con la *kandake* —le dijo a su madre—. Cuando se enfrente a las tropas de Octavio, cosa que hará, las detendremos juntos. Lucharé para vengar a Cleopatra, la última faraona. Lucharé por lo que le negaron a Cesarión. Venceré a los romanos y asestaré un golpe a Octavio. Y tú tomarás al príncipe como hospedador y te curarás mientras estés a mi lado.

Akinidad no parecía arder en deseos de albergar a Isis, pero a la reina Amanirena le brillaban los ojos triunfalmente cuando Horus se fundió con ella.

No vi lo que pasó después porque el tío Amos me apartó de la cortina. Seguramente fue buena idea; me estaba implicando demasiado.

Pero más tarde, de vuelta en la biblioteca de la Casa de Brooklyn, busqué información sobre Amanirena y Akinidad. Efectivamente, la reina luchó contra los romanos, como Isis había predicho. Ganó, además, y tomó un busto de Octavio —conocido entonces como César Augusto, primer emperador del Imperio romano— como trofeo, que enterró debajo de la puerta de su templo. En los años venideros, todo aquel que entraba o salía le pisaba la cabeza.

«No está mal como venganza, Horus», pensé, sabiendo que alguna magia egipcia se sirve de las estatuas para afectar a la gente. Augusto debió de tener jaquecas durante años.

También descubrí otras referencias a Horus en la historia de Amanirena. Como el hecho de que perdió un ojo en combate; Horus había perdido su ojo izquierdo luchando contra Set. Estrabón, un antiguo historiador griego, describió a la *kandake* como poseedora de una «figura masculina». Pudo haber visto a Horus sin percatarse de lo que estaba viendo. Y existe un grabado en piedra que la representa como muy corpulenta y más alta que sus enemigos. Para mí, en el grabado, Amanirena aparece recubierta del avatar de Horus. Un ave de presa, posiblemente un halcón, se lanza en picado desde arriba.

Me enteré, además, de que Octavio mató a Cesarión once días después de la muerte de Cleopatra. Me pareció triste, pero no sorprendente, ya que no solo había perdido a su madre, sino también al dios que había albergado casi toda su vida... Algo así dejaría vulnerable a cualquiera.

Lo que sí me sorprendió fue que Horus abandonase a

Cesarión para rescatar primero a Isis. Horus no era precisamente un hijo ideal. En una ocasión le cortó la cabeza a Isis solo porque le hizo cabrear. Pero quizá salvarla era su forma de disculparse. Y quizá eso explica por qué él y yo nos combinamos tan bien. Si yo hubiera estado delante cuando la vida de mi madre peligró, habría dado cualquier cosa por salvarla. Tal vez él reconocía esa faceta de sí mismo en mí.

Ah, y por si te lo estás preguntando, no me molesta que Horus tuviera por hospedador a la temible reina guerrera. Me gustan las mujeres fuertes. Mi madre lo es. Y también mi novia. ¿Y Sadie? Puede que ella sea la más poderosa de todas.

¡Carter! ¡Retiro todas las cosas malas que he dicho de ti! Reconozco que puede llevarme un tiempo. La lista es larga. —Sadie

CONQUE HORUS SE FUNDIÓ CON UNA SEÑORITA, ¿EH? NO TENGO NINGÚN PROBLEMA. YO TAMBIÉN TENGO INTENCIÓN DE FORMAR UNA ENTENTE DE GÉNERO DUAL. TE DIRÍA CON QUIÉN, PERO ESTROPEARÍA LA SORPRESA QUE TENGO RESERVADA... —SETNE

EL CUESTIONARIO DE ANUBIS

Una vez le pregunté a Anubis a cuántos funerales había asistido en su vida. Él me lanzó una mirada extraña, aunque puede que me pareciese extraña porque me miraba a través de los ojos de Walt. Su respuesta fue: «A todos».

Rellena los espacios en blanco:

1. Anubis es <u>mi novio.</u>

    Aunque técnicamente eso es correcto, dado que Sadie es quien contesta las preguntas, la respuesta que buscábamos era «el dios de los funerales y la muerte».

2. Puedes reconocerlo por <u>lo macizorro que está. También por sus dulces ojos marrones, con los que suele derretirme por dentro.</u>

Otra vez, pese a ser verdad en el caso de Sadie, la respuesta que buscábamos era «su cabeza de chacal».

3. Es muy probable que encuentres a Anubis <u>¡en mi cuarto no! ¡De verdad!</u>

Esto... vale. La respuesta es «en cementerios, funerales y cualquier otro lugar donde la muerte esté presente».

Por algún motivo, Carter ha abandonado después de esta pregunta. ¡Ni siquiera le ha pedido a Walt que escriba algo sobre Anubis! No sé por qué. —Sadie

OTROS DIOSES
Y DIOSAS
IMPORTANTES

EL CUESTIONARIO DE BES

En tres palabras: el mejor enano

Contesta a la siguiente pregunta con una breve redacción: en la antigüedad, los magos de la Casa de la Vida permitieron a Bes, el dios enano, quedarse en el mundo mortal mientras otros dioses eran desterrados. ¿Fue una decisión sensata?

¡Pues claro! Bes es único entre los dioses. En primer lugar, no utiliza hospedadores; al menos, eso creo. En cualquier caso, siempre lo he visto tan maravillosamente horrible como de costumbre. A diferencia de algunos dioses, que manejan a los humanos para sus propósitos, Bes es tremendamente leal y protector con sus amigos mortales.

No dudaría en lanzar su cuerpo achaparrado, barrigón, en-
fundado en un bañador slip y cubierto de pelo ante el peligro
para salvar a alguien que quiere. Y ese sonoro «¡Uh!» que
lanza por su enorme boca de labios gruesos me ha salva-
do la vida más de una vez. Si eso no basta para convencerte,
pregúntale a cualquiera que lo haya visto con su novia Tauret. A mí no me cabe la menor duda: Bes es y siempre ha sido
un caballero digno de una consideración especial. —Sadie

PONTE FEO
por Bes

Te estarás preguntando cómo hemos conseguido este apartado, considerando que los dioses ya no están en nuestro mundo. Bueno, Bes tiene privilegios especiales por ser uno de los dioses más queridos del pueblo egipcio. Así que de vez en cuando se pone en contacto con nosotros. —Sadie

Los mortales de hoy me desconcertáis. Estáis tan obsesionados con la belleza que pasáis por alto una fuente de auténtico poder. Por supuesto, hablo de la fealdad.

Antes de continuar, déjame aclarar una cosa. La fealdad a la que me refiero está en el exterior. No me va lo que es feo por dentro, y no me relaciono con nadie que lo sea. Así que, si estás leyendo esto en busca de consejos para insultar, despreciar a los demás para parecer más grande o difamar a personas, el portal de salida está ahí.

Ya sé lo que estarás pensando: «Pero, Bes, yo tengo una adorable nariz chata, el pelo cuidado de forma natural y una postura perfecta. ¿Cómo puedo canalizar el poder de la fealdad?». Manda a la cama a tu preocupación, dale un beso de buenas noches y apaga la luz, porque aquí tengo la solución: mi programa patentado de afeamiento en cinco puntos. Y, sí, «afeamiento» es una palabra. ¿O conoces un término mejor que signifique lo contrario de «embellecimiento»?

¡Cinco pasos para convertirte en alguien más feo y más poderoso!

Paso 1: Empieza con buen pie.
Las uñas de los pies son toda una declaración de intenciones, así que no tengas miedo de lucirlas. Para un mayor impacto visual, déjatelas crecer hasta que se ricen y luego arrastra las puntas por una superficie áspera y sucia hasta que queden desiguales y asquerosas. Si es posible, contrae hongos. Con el tiempo y el descuido suficientes, la gruesa mugre amarilla se extenderá a las uñas de los diez dedos.

A veces no es práctico ir descalzo. ¡Tranquilízate! Los zapatos, solos o emparejados con los calcetines adecuados, pueden empeorar cualquier imagen. Pavonéate con unas sandalias

deportivas con velcro y unos calcetines negros,
o cálzate un par de Crocs, con o sin adornos
brillantes de plástico. Los críticos coinciden:
¡no hay nada más feo!

¡Pst! Las uñas de las manos mordidas, las
manos resecas, escamosas y rojas, y los mitones
de punto son el secreto mejor guardado
para estar feo este invierno. ¡Pásalo!

Paso 2: ¡Así te luce el pelo!
Nada hace huir a la gente despavorida como el
vello corporal en las zonas adecuadas. Así que no te
depiles nunca las piernas ni las axilas. Tienes poder
en los sobacos: ¡no te cortes y deja crecer esos
felpudos hasta que alcancen todo su esplendor!
Y tampoco te los laves. ¡Acepta el almizcle! Los
folículos faciales con superproducción son tus
amigos, porque nadie se mete con un tío con
una barba sin afeitar que se mezcla con sus cejas.
¡Puntos extra si tienes el vello grueso como un
jersey en la espalda y el pecho, y hebras rizadas
en la nariz y las orejas! ¡Pst! Las barbas falsas
están desfasadas. ¡Pero las patillas falsas causan
sensación! Y no solo para los hombres. ¡Pásalo!

Paso 3: Busca inspiración en la ropa gastada. Todos lo hemos vivido: vas a salir de fiesta una noche y no sabes qué ponerte. Bueno, podrías no ponerte nada, pero no se lo recomiendo a los principiantes. Prueba con lo siguiente: las reliquias de moda hortera. Mezcla y combina chaquetas con hombreras, pantalones de campana, camisetas con el ombligo al aire, vaqueros con la cintura alta, faldas largas y camisetas de marinero. Hurga en los armarios de antaño y busca hombreras, fulares con volantes, zuecos y polisones. U opta por la combinación infalible de albornoz mugriento y semiabierto sobre un bañador que te quede mal; suelto y caído o superceñido para una imagen de gordo seboso, tú eliges. Al final, la única forma mala de ir mal es ir bien. ¡Pst! Cuidado con la camisa hawaiana. La que antaño fuese la prenda horrible por antonomasia es ahora reivindicada «irónicamente» por la denominada gente guay. ¡Pásalo!

Paso 4: ¡Así te luce otra vez el pelo! ¿Tienes que cargar con un pelo abundante,

manejable y sin caspa, puntas abiertas ni nudos?
Ánimo. La solución es tan fácil como cardarlo,
cortarlo y enredarlo. Para conseguir el efecto
enmarañado, sujeta en vertical mechones de
pelo y péinalos hacia el cuero cabelludo. ¿Quieres
lucir un peinado que no necesite mantenimiento?
Córtate o aféitate mechones de pelo al azar con
unas tijeras desafiladas o una maquinilla y evita
los productos capilares. Para un arreglo rápido,
introduce chicle en tu cabellera y masajéala a
conciencia. ¡Y no te olvides de rematar el *look*
con un gigantesco moño multicolor o una
gorra de camionero con mensaje! ¡Pst! Nunca
subestimes el poder de los piojos para revolver
estómagos. ¡Pásalo!

Paso 5: Exprésate.
Si te encuentras en una situación difícil
—perseguido por demonios, por ejemplo—,
recuerda: no alegres esa cara. Contráela hasta
tener el ceño fruncido, una mueca o un gruñido.
Añádele una mirada de loco; saca los dos ojos
de las órbitas o cierra uno apretándolo para
conseguir una mirada que hará pararse a la gente

en seco. Pero no te detengas ahí. Ensancha los agujeros de la nariz. Frunce el entrecejo. Enseña los dientes y las encías. Deja la lengua colgando, agita la cabeza y haz que la baba te salga volando. Tu expresión facial transmitirá un mensaje alto y claro: ¡yo tengo la fealdad de mi parte, así que tú eres el que tiene un problema! ¡Pst! Deja que esos granos se desarrollen. ¡Esos bultitos llenos de pus son manantiales de poder! ¡Pásalo!

En conclusión, me gustaría dejarte con una última palabra: «¡Uh!». ¿Que qué quiero decir? La fealdad es poderosa. La fealdad combinada con una buena palabra para dar sustos rugida en la cara de un atacante es imparable. No te preocupes si todavía no has encontrado tu palabra especial. Ponte feo y ya se te ocurrirá. ¡Pst! ¿No estás seguro de si estás listo para afearte al máximo? Prueba glamoures que potencien la falta de glamour. ¡Pásalo!

Los glamoures son ilusiones mágicas que ocultan la identidad de una cosa o una persona. He pensado que debías saberlo. —Sadie

EL CUESTIONARIO DE TOT

Tot es mucho más que el dios de la sabiduría. También inventó la escritura y se le ocurrió la idea de la Casa de la Vida. Está tan en armonía con los ibis que aparece con la cabeza de esa ave cuando adopta forma de dios. Y no me hagas hablar de su relación especial con los babuinos...

Une un concepto de la columna A con un concepto de la columna B

A	B
Dyehuti	*Breve tratado sobre la evolución del yak*
Sanguijuelogía	Tennessee y Egipto
Per Anj	Forma que Tot adopta a veces en la Duat
Sacerdotes Sem	Famoso colorante
Menfis	Magos corrientes
Esfera de gas verde	Nombre egipcio real de Tot
Salsa barbacoa	Magos de primer nivel
Obra en desarrollo de Tot	La Casa de la Vida
Escribas	No es una materia de estudio de la Universidad de Memphis

Respuestas:

Dyehuti: Nombre egipcio real de Tot. «Tot» proviene de los griegos.

Sanguijuelogía: No es una materia de estudio en la Universidad de Memphis. Tampoco la astrología, por lo visto.

Per Anj: La Casa de la Vida.

Sacerdotes Sem: Magos de primer nivel. También líderes de los trescientos sesenta nomos de la Casa de la Vida.

Menfis: Tennessee y Egipto. Memphis, la ciudad de Estados Unidos, recibe su nombre de la ciudad egipcia Menfis... ¿O es al revés?

Esfera de gas verde: Forma que Tot adopta a veces en la Duat. ¿Por qué? Porque está un poco pirado.

Salsa barbacoa: Famoso colorante. Deliciosa untada en carne asada a fuego lento.

Obra en desarrollo de Tot: *Breve tratado sobre la evolución del yak*. Porque... ¿por qué?

Escribas: Magos corrientes. ¿Corrientes? Yo diría que no.

CHOF, CHOF
por Cleo de Río

Supongo que debería haber visto antes la bata de laboratorio. En mi defensa debo decir que la percha de la biblioteca de la Casa de Brooklyn tenía una considerable colección de sudaderas, suéteres y chaquetas dejadas por nuestros aprendices. La mugrienta bata de laboratorio simplemente pasaba desapercibida... hasta que dejó de hacerlo.

En realidad, la historia de cómo la encontré es bastante curiosa. Estaba limpiando el polvo de los papiros de la biblioteca y pensando en el *Libro de Tot*: dónde podía estar escondido, cómo le podía echar el guante y qué información secreta sobre los dioses podía contener. De hecho, estaba a punto de ordenar a un *shabti* de recuperación que me buscase el libro cuando una nube de polvo me llegó a la nariz. Estornudé y... Vale, lo reconozco: no me tapé la nariz. Me salieron volando los mocos.

Ahí habría acabado todo, solo que los mocos cayeron

en la bata de laboratorio y la palabra «*gesundheit*» se iluminó en una manga.

No sé tú —aunque, como seguidora de Tot, me gustaría saberlo porque me gusta saberlo todo—, pero la repentina aparición de esa palabra en alemán me intrigó. Dejé de limpiar el polvo y observé la bata a una distancia prudencial.

Momentos más tarde, la palabra «*gesundheit*» desapareció. La bata no mostraba más señales de iluminación, pero yo notaba un hormigueo. Así que, como experimento, aspiré más polvo y estornudé con cuidado en la bata otra vez. En esta ocasión, la palabra «Salud» y «Aj» («buena salud» en babuinés) brillaron como letreros de neón. Y también, por algún extraño motivo, los jeroglíficos del dios Shu.

El corazón empezó a latirme más deprisa. Estaba claro que no era una bata de laboratorio cualquiera manchada de salsa barbacoa. Yo tenía una teoría sobre a quién pertenecía, y enseguida la puse a prueba.

—¡Tráeme la bata de laboratorio del dios Tot! —ordené al *shabti* de recuperación más cercano. El *shabti* cobró vida y saltó de su pedestal. Me lanzó la prenda sobre la que acababa de estornudar y acto seguido se limpió su mano de arcilla en su pierna de arcilla y volvió a solidificarse en su sitio.

Así que allí estaba yo, sujetando la bata que había llevado mi dios patrón cuando tenía forma mortal. Como yo era la única en la Casa de Brooklyn que seguía la senda de Tot, llegué a la conclusión lógica de que era un regalo suyo para mí. Con gran reverencia, me la puse y me la abotoné.

Vista en perspectiva, no fue una decisión inteligente. Apenas me había abrochado el último botón cuando, ¡zas!, la bata se iluminó como las calles de Río en pleno Carnaval. Era como si la tela hubiera estado almacenando datos durante meses y no aguantase más para soltarlos. Palabras, jeroglíficos, números y símbolos destellaban y brillaban en tonos rojos, anaranjados, azules, verdes, dorados, púrpuras y plateados. Entonces entendí por qué los ojos de Tot eran unos caleidoscopios. Me dio la impresión de que los míos daban vueltas cuando me zambullí en el mar de información reluciente y multicolor.

Logré no perder el control y nadar alegremente en aquel mar. Pero las palabras y los símbolos empezaron a aparecer más rápido. Me embestían como olas crecientes, más brillantes y más complejas, en todos los idiomas imaginables y algunos inimaginables. Invadieron mis sentidos. Abrumada, dejé de nadar y empecé a ahogarme.

Forcejeé para quitarme la bata, pero los botones no cedían. Se me aceleró el corazón y empecé a respirar entrecortadamente. Luego ya no pude respirar en absoluto.

De repente, una vocecilla me habló al oído.

—Venga, tranquila, ¿vale? Busca tu lugar feliz antes de que, no sé, te explote la cabeza.

No reconocí la voz. Pero cuando la oí, me acordé de una historia que Sadie me había contado sobre cómo Carter la había ayudado a abandonar la forma de milano (el pájaro, no la ciudad) y recobrar la forma humana centrándose en las cosas importantes de su vida. *¿Lo ves, Carter? A veces te reconozco el mérito.* —Sadie Cerré los ojos apretándolos y pensé en mi playa favorita, una apartada lengua de arena en Ilha do Governador, en la costa de mi querido Río.

—El océano interminable —murmuré, visualizando las palabras a medida que las pronunciaba para aumentar su poder—. Olas que bañan la arena caliente. La espuma del mar...

Unas gotas húmedas me salpicaron la cara. Abrí los ojos de golpe y noté un sabor a sal en los labios. Sal marina. Miré la bata de laboratorio. En la tela solo había las palabras que había pronunciado. Las letras, verde azuladas y con los extremos blancos, rociaban agua marina y esparcían fina arena blanca en el suelo.

—*Nossa*—musité en mi portugués natal. Y fue estupendo, salvo por el lío que se estaba armando. Afortunadamente, la bata no soltó otra retahíla de palabras, así que me la quité con cuidado. Cuando dejó de rociar agua y de salpicar arena, la colgué en un gancho y salí de la biblioteca en busca de una fregona y una escoba animadas para limpiar los charcos y los montones de arena.

Al entrar en la Sala Grande, vi a Carter, Walt y Sadie acurrucados al pie de la estatua de Tot. Estaban absortos en una conversación, así que esperé para decirles lo que había pasado, recogí los productos de limpieza y volví a la biblioteca para limpiar.

Sin embargo, descubrí asombrada que los charcos habían desaparecido. Adónde había ido el agua marina, no lo sé. Y si crees que no saberlo no me molestaba, seguramente no eres un buen candidato para seguir la senda de Tot.

En cuanto a la bata de Tot, la guardé en un sitio seguro en la Duat. A lo mejor algún día estaré lista para tanta magia. Sin embargo, de momento seguiré con los papiros.

ALLÍ ESTABA YO, HACIENDO EL TONTO EN LA CABEZA DE LA CHICA DE LA BIBLIOTECA, BUSCANDO INFORMACIÓN SOBRE EL LIBRO DE TOT, CUANDO, BUM, SU CEREBRO SE SOBRECARGÓ MÁGICAMENTE. COMO PENSABA QUE PODRÍA NECESITAR

ESE RECURSO, LA ESPABILÉ SUSURRÁNDOLE UNA PROPUESTA.
RESULTA QUE LA CHICA NO SABÍA NI PAPA DEL LIBRO. PERO
NO HA SIDO UN DESASTRE TOTAL, PORQUE ME HA DADO
ALGO QUE NECESITO PARA EL HECHIZO. LO HE COGIDO Y HE
HECHO MUTIS POR EL FORO. —SETNE

EL CUESTIONARIO DE NEIT

Sadie puede decirte que soy el último en criticar el gusto de alguien para la moda..., pero, venga ya, ¿a qué vienen las dos hojas de palmera que Neit lleva en el pelo?

Rodea la respuesta correcta:

1. Neit es la diosa de:

    a) La caza.

    b) El tejido.

    c) Las abejas.

    d) Todas las respuestas anteriores son correctas.

2. Las armas favoritas de Neit son:

    a) Las trampas hechas con redes de macramé.

    b) El arco y las flechas.

c) La manipulación del tiempo.

d) Todas las respuestas anteriores son correctas.

3. Neit está obsesionada con:

a) Los bolsillos.

b) Las teorías conspiratorias.

c) Las gominolas.

d) Todas las respuestas anteriores son correctas.

4. Neit accederá a no cazarte si:

a) Se lo pides por las buenas.

b) Le ofreces todos tus bolsillos.

c) Le ganas una partida de piedra, papel o tijera.

d) Ninguna de las respuestas anteriores es correcta.

Respuestas:

1. d: Está bastante liada.

2. d: Se le da bastante bien todo lo que hace.

3. d: Está bastante loca.

4. d: Es bastante implacable. Un consejo: evítala a menos que lleves un compañero y los dos tengáis amuletos *shen*.

NOCHE DE JUEGOS

Anunciamos la Primera Noche de Juegos AÚLLA A LA LUNA en la historia de la Casa de Brooklyn

Estamos convirtiendo la Gran Sala en una Gran Sala de Juegos! Jugaremos a los mismos juegos que nuestros antepasados y nos inventaremos las reglas si las auténticas se han perdido con el paso del tiempo. También tenemos algunos juegos originales increíbles creados por nuestros aprendices de la Casa de Brooklyn. La diversión está garantizada, con el aliciente añadido de que aprenderás algunas técnicas que podrían servirte para impedir que Jonsu, el dios de la luna, te robe el *ren* algún día. ¡Así que ven a aullarle con nosotros! ¡Los aperitivos son gratis!

SENET: Este clásico juego de palillos, azar y cooperación debió de ser uno de los favoritos de la época, pues se ha encontrado en tumbas y obras de arte de todo el antiguo Egipto. Haz tus apuestas, lanza los palillos y mueve las fichas por el tablero. Si consigues llevar tus fichas a la meta antes que tus rivales, ganas. Y, sí, es necesario apostar. En el Nomo

Vigésimo Primero nos jugamos amuletos personalizados, cortesía de nuestro experto *sau* Walt Stone.

PERROS Y CHACALES: Este emocionante juego de mesa se conoce también como el juego de los cincuenta y ocho agujeros, ya que el tablero tiene cincuenta y ocho agujeros. Veintinueve a cada lado, para ser exactos. Un jugador recibe cinco fichas con cabeza de perro y el otro cinco fichas con cabeza de chacal. Para poner una ficha en juego, hay que sacar un cinco. (Nosotros utilizamos un dado, pero antiguamente debían de usar monedas o palillos.) Pon las cinco fichas en el tablero ¡y procura hacer tiradas altas!, porque el primero en conseguir que sus cinco fichas lleguen a la meta gana.

MEHEN: Otro juego de mesa, pero con una vuelta de tuerca... Bueno, más bien, ¡con una vuelta de serpiente! El tablero es una losa de arenisca con un grabado en forma de serpiente enroscada dividida en segmentos. Las fichas originales del juego se han perdido, así que hemos tomado prestadas unas de un juego de Monopoly. Las reglas también se han perdido, así que nos hemos inventado las nuestras. Para jugar, necesitas un número de equipos par. El punto de partida de la mitad de los jugadores es la cabeza de la serpiente y el de la otra es la cola. Las tiradas de dados deciden cuántos segmentos puedes mover tu ficha. Si dos fichas rivales se encuentran frente a frente, tienen que esperar a que otra ficha de su equipo las alcance para poder vencer a la ficha del contrario. El primer equipo que consiga llevar todas sus fichas al lado de los rivales gana.

CHOQUE DE CARROS CON *SHABTIS*: Todo el mundo cree que los griegos y los romanos fueron los primeros aurigas, pero evidencias arqueológicas demuestran que los egipcios ya utilizaron prodigios de dos ruedas siglos antes. Esta carrera —en realidad, más bien una melé— empieza por la construcción de los carros empleando artículos del hogar como tubos de papel higiénico, palos de polo y latas de Friskies vacías. ¡Es hora de hacer *shabtis*! Trae tus pedazos de cera (tendremos unos a mano si necesitas más) para formar un caballo y un piloto. El primer carro que dé tres vueltas alrededor de la estatua de Tot gana. Intentamos fomentar los choques porque así es más divertido. Bueno, al menos para los espectadores. No sé lo que opinarán los *shabtis*.

CARRERA DE BOLAS DE EXCREMENTOS: ¡Tan asqueroso como suena! Escarabajos de cuerda importados directamente de Egipto hacen bolas de excrementos alrededor de una pista de carreras en miniatura. ¡El ganador se las queda todas! (Hemos intentado usar escarabajos reales, pero no llegan del viaje desde Egipto en tan buen estado.)

EL CUESTIONARIO DE JONSU

No soporto cuando hay luna nueva. Me da por pensar que Jonsu me ha vuelto la espalda porque está tramando algo.

Completa las siguientes frases empleando las palabras de la lista. Nota: ¡no es necesario usar todas las palabras!

Lista de palabras:

Senet   luna   plateados   Días Demoníacos
nubes   luna creciente   *ren*   Nut   cinco
buenísimo   río   vacaciones   jugar   *sheut*
siete   sol   hacer trampas   buey Apis   tiempo
Tefnut   disco solar

1. Jonsu es el dios de la_____. Sus ojos son_____ y lleva un amuleto con forma de_____.

2. Una vez jugó al _____ con _____ para poder ganar más días en los que dar luz.

3. Ganó y obtuvo _____ días. Se llaman los _____.

4. A Jonsu le encantaría _____ para conseguir tu _____.

5. Se cree que está _____, pero a mí me recuerda los cuartos traseros de un _____.

Respuestas:

1. Luna. Plateados. Luna creciente.
2. Sénet. Nut.
3. Cinco. Días Demoníacos.
4. Jugar (también habríamos aceptado «hacer trampas»). Rén.
5. Buenísimo. Buey Apis.

¿A CUENTO DE QUÉ?

L a magia egipcia emplea palabras para canalizar el poder de los dioses, así que tienes que tener cuidado con lo que dices y escribes. Normalmente, en la Casa de Brooklyn lo tenemos controlado. Pero, no sé cómo, este aviso se nos escapó y llegó al tablón de anuncios de la sala de entrenamiento. Encima, todos lo firmamos, y eso significa que todos lo leímos. Y, sin embargo, ninguno de nosotros se percató del problema.

¡INSCRÍBETE EN PRÁCTICAS DE TIRO!

Sala de entrenamiento, lunes por la noche, siete en punto

1. Jaz
2. Sean
3. Carter
4. Leonid
5. Sadie
6. Walt
7. Julian
8. Alyssa
9. Zia
10. Shelby
11. Cleo

Si tú tampoco lo entiendes, pregúntate: ¿en qué consisten exactamente las «prácticas de tiro»? ¿En disparar flechas u otros proyectiles a blancos o en practicar para ser el blanco?

La redacción es discutible, desde luego. Pero más discutible aún es que no estemos totalmente seguros de quién puso la hoja de inscripción. Aquí nadie sigue la senda de Neit, que parece la deidad con más probabilidades de habernos jugado una broma sobre el tiro. Según Plastilino, a quien yo propuse como vigilante, nadie se ha presentado a las prácticas. Así que de momento sigue siendo un misterio. Pero no te preocupes. Averiguaremos quién lo hizo, aunque tenga que pedirle prestada a papá la Pluma de la Verdad.

QUÉ LE VAMOS A HACER. MI TENTATIVA DE TENERLOS A TODOS EN EL MISMO SITIO AL MISMO TIEMPO PARA PODER ACABAR CON ELLOS AL MISMO TIEMPO NO DIO RESULTADO. LA VERDAD ES QUE ME SENTÓ COMO UN TIRO. ¿LO PILLAS? ¿«UN TIRO»? ALGUIEN DEBERÍA ANOTARLO. —SETNE

EL CUESTIONARIO DE PTAH

Ya no puedo jugar al Scrabble con Sadie. Desde que conoció al dios creador Ptah en aquella tumba subterránea de Bahariya, ha estado inventándose palabras y haciéndolas pasar por creaciones de él. «¡No aceptas "ixyzqt" porque ocupa una casilla de triple tanto de palabra!», insistió la última vez (la ultimísima vez) que jugamos.

¿Verdadero o falso?

1. Ptah luce una barba estrecha.

   Verdadero   Falso

2. Ptah puede abrir múltiples portales por persona.

   Verdadero   Falso

3. El símbolo de Ptah es un escupitajo.

   Verdadero   Falso

4. El insulto favorito de Ptah es «¡Ratas!».

   Verdadero   Falso

5. Como dios creador, Ptah puede crear cosas nuevas
   con un simple chasquido de dedos.

   Verdadero   Falso

Respuestas:

1. **Verdadero.** Pocos dioses pueden llevar una barba fi-
nísima, pero a él le queda bien.

2. **Falso.** Solo uno por cliente.

3. **Falso.** Su símbolo es el *was*, que representa el poder,
pero su nombre suena realmente como un escupi-
tajo.

4. **Mmm…, puede que verdadero.** Es famoso por en-
viar plagas de ratas a morder, arañar y destrozar.

5. **Falso.** Crea pronunciando palabras que se convier-
ten en objetos. ¿Cómo, si no, crees que se hizo el
primer plátano o el primer flamenco?

ICE, ICE BABY
por Felix Philip

Nadie cree que exista un dios del hielo, pero ¿sabes qué? Hace poco he descubierto que el Nilo se congeló dos veces: una en el año 829 d.C. y otra en el 1010 d.C. Así que pudo haber pasado más veces en la antigüedad, ¿no? Y si el Nilo se congeló en el pasado, es evidente que un dios tuvo algo que ver en ello, porque las deidades estaban relacionadas con todas las cosas importantes de la naturaleza: inundaciones, terremotos, muertes, luz del sol, bichos que hacían rodar la caca hasta convertirla en bolas... ¡Eso quiere decir que podría haber un dios egipcio del hielo!

Ya sé lo que estarás pensando: «¡Pero, Felix, nadie ha oído hablar de una deidad egipcia del hielo!». Es verdad, no consta que haya existido un colega del hielo, pero aun así podría ser real. Hay montones de dioses de los que nadie se acuerda o de los que nadie ha oído hablar. ¿Sabes cómo se llama el dios egipcio del mar, por ejemplo? Yo tampoco, pero seguro que hay uno, porque Egipto está entre dos mares: el Mediterráneo y el Rojo.

Por otra parte, están todos esos dioses de piel azul. El azul representaba el cielo y el agua, pero piensa en lo que pasa cuando te pelas de frío. ¡Los labios y la piel se te vuelven azules! Así que a lo mejor el azul también equivale al hielo, y uno de esos dioses azules es mi colega del hielo.

De ser así, no se limitaría a hacer hielo. Egipto no tiene un clima superfrío, así que no tendría mucho que hacer. Sin embargo, muchas deidades tienen más de una ocupación —los funerales y la muerte, la magia y la maternidad—, así que mi dios azul podría hacer otras cosas congeladas, como helados y granizados.

Eso me recuerda a Ptah. Él es azul. Está bastante olvidado y ha quedado en segundo plano por detrás de Horus, Isis, Ra y otros dioses importantes. Pero, atención: crea cosas con solo pronunciar palabras que se inventa. Así que a lo mejor un día murmuró por casualidad «hielo» —o «nieve», «aguanieve», «granizo» o lo que fuese— y, ¡zas!, el Nilo se heló y los antiguos egipcios construyeron iglús al lado de las pirámides.

Así pues, he decidido que voy a seguir la senda de Ptah. Puede que resulte no ser el dios del hielo, pero ahora mis-

mo para mí, sentado en el sofá rodeado de mis pingüinos,
es lo más parecido que hay.

NO SÉ DE LA EXISTENCIA DE NINGÚN DIOS DEL HIELO.
PERO ¿UN DIOS DEL MAR? SÍ, LO CIERTO ES QUE A ESE LO
CONOZCO. —SETNE

EL CUESTIONARIO DE APOFIS

El otro día Sadie propuso en broma que añadiéramos encantamiento de serpientes a nuestro plan de estudios. Ya sé que lo decía en coña, pero lo estoy considerando seriamente. ¿Quién sabe? Si Apofis vuelve a alzarse del abismo, tal vez podamos someterlo hipnotizándolo. Cualquier cosa sería preferible a que explotase por todas partes.

Contesta a la siguiente pregunta con una breve redacción: ¿Te imaginas que la serpiente del Caos hubiera sido alérgica a Bast?

¡Madre mía! ¿Pasar milenios luchando contra la defensora felina de Ra sin dejar de estornudar? ¡Para morirse de risa! ¡Con picores, los ojos llorosos y sin manos para frotarse! Si el dolor de tener la cola atrapada debajo del monumento de la Maat no lo había vuelto loco, sorberse continuamente los mocos con la nariz seguro que lo habría logrado. Y luego estaba el picor de garganta, que sería de lo más desquiciante, ya que su cuerpo entero está formado básicamente por una garganta.

Así que en respuesta a la pregunta..., sí, me lo imagino. —Sadie

Y si te estás preguntando si en el libro hay un relato sobre Apofis, la respuesta es no. Cuanto menos se diga sobre esa serpiente, mejor.

LOS DIOSES
Y LAS
DIOSAS
ANIMALES

EL CUESTIONARIO DE LOS DIOSES Y LAS DIOSAS ANIMALES

El otro día vi a Shelby jugar. Y con «jugar» me refiero a arrancarles las cabezas a sus juguetes de plástico y ponérselas a los cuerpos de sus muñecas decapitadas. (Me da miedo interrogarla sobre dónde están las cabezas de las muñecas.) Me pregunto si las deidades animales se crearon de esa forma. Eso explicaría por qué muchas son tan cascarrabias.

Une el nombre de una deidad con su correspondiente animal, papel y atributo más destacado:

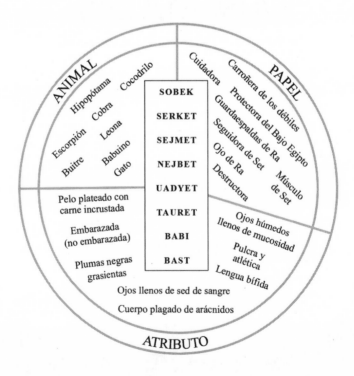

Sobek: cocodrilo, guardaespaldas de Ra, ojos húmedos llenos de mucosidad.

Serket: escorpión, seguidora de Set, cuerpo plagado de arácnidos.

Sejmet: leona, destructora, ojos llenos de sed de sangre.

Nejbet: buitre, carroñera de los débiles, plumas negras grasientas.

Uadyet: cobra, protectora del Bajo Egipto, lengua bífida.

Tauret: hipopótama, cuidadora, embarazada (no embarazada).

Babi: babuino, fuerza de Set, pelo plateado con carne incrustada.

Bast: gata, Ojo de Ra, pulcra y atlética.

Respuestas:

LA CANCIÓN DE LOS ANIMALES
por Tauret

Al igual que Bes, Tauret puede contactar con nosotros de vez en cuando porque... porque es la hipopótama más adorable y cariñosa que encontrarás jamás y porque se merece conseguir lo que quiera. La última parte son palabras de Bes, por cierto, no mías. –Sadie

Cuando Egipto estaba en su apogeo, solía revolcarme en el Nilo y escuchaba cómo los iniciados más jóvenes del Nomo Primero aprendían esta canción. Es un poco tonta, pero a los pequeños les ayudaba a acordarse de los animales del río —la mayoría no son tontos, pero sí bastante letales— y los dioses y diosas de esos animales. Los niños acompañaban la descripción de cada criatura con movimientos y sonidos. El mejor de todos era el ritmo marchoso del sistro —un sonajero del antiguo Egipto— y el tambor. ¡No podía evitar menear el trasero cuando oía ese «¡Tin, tin, tam, tam, tam!». Pero Neftis me hacía parar. Decía que mi alegre exuberancia desplazaba demasiada agua del río.

Por aquel entonces la canción se alargaba cuatro horas porque había demasiadas deidades animales sobre las que cantar. Sin embargo, ahora los iniciados solo cantan sobre las ocho más importantes. Se me parte el corazón al ver cuántas de las antiguas han caído en el olvido. Cuando pienso en lo mucho que les gustaría a Heket, Gengen-Wer, Mejet y al resto de las ricuras de Acres Soleados oír que los niños cantan sus nombres... Bueno, a lo mejor algún día.

Zia aprendió la canción de los ocho animales cuando estuvo en el Nomo Primero. Ella se lo enseñó a los renacuajos de la Casa de Brooklyn, pero se negaba a hacer los movimientos. Le pregunté si era porque creaban un peligroso hechizo mágico cuando se hacían con la canción y la música. Resulta que simplemente son embarazosos, como Carter descubrió cuando lo pillé practicándolos en su cuarto. —Sadie

(Estira los brazos hacia fuera, junta las palmas y ábrelas y
ciérralas como si fueran la boca de un cocodrilo masticando)

En las profundidades del Nilo acecha un temible
cocodrilo
Sobek (ñac, ñac), Sobek (ñac)

(Ponte de puntillas y avanza pesadamente, moviendo
los brazos como un perro al nadar)

No muy lejos de la orilla, una hipopótama nada
de puntillas
Tauret (chop, chop), Tauret (chop)

(Enseña los dientes y gira la cabeza mientras ruges)

Una leona ruge serena en la ribera de arena
Sejmet (grrr, grrr), Sejmet (grrr)

(Alterna palmadas en las nalgas —tus nalgas,
por favor— al tiempo que ladras)

Mientras un babuino de trasero colorado grita
desafinado
Babi (aj, aj), Babi (aj)

(Da vueltas por la habitación aleteando y graznando;
un niño puede hacer de la «víctima» si lo desea)

Un buitre surca el cielo mientras su víctima grita:
«Me muero»
Nejbet (cruaaa, cruaaa), Nejbet (cruaaa)

(Curva los dos primeros dedos de la mano derecha por delante
de la boca y saca la mandíbula hacia fuera mientras siseas)

Los colmillos no perdonan en el beso de la cobra
Uadyet (shhh, shhh), Uadyet (shhh)

(Levanta un brazo por encima de la cabeza, forma una C de
lado con el pulgar y el dedo corazón y lánzala hacia delante)

El aguijón del escorpión podría ser la perdición
Serket (sssttt, sssttt), Serket (sssttt)

(Menea el trasero y salta)

¡Pero el gato, buen minino, pone fin a tanto desatino!
Bast (miau, miau), Bast (miau)

SUNU, CÚRATE A TI MISMO
por Jaz

L a magia debería llevar una etiqueta de advertencia: «Puede ser peligrosa para la salud. Entre otros efectos secundarios, puede provocar mareos, cansancio extremo y desmayos. Se ha descubierto que existe una relación entre su exposición prolongada, la combustión espontánea y la adicción al poder ilimitado». Y eso solo son las cosas que sabemos.

Considerando lo peligrosa que es la magia, cualquiera pensaría que yo estaba desbordada de pacientes necesitados de mis dotes curativas de *sunu*. Pero después de nuestra victoria contra el Caos, tenía muy poco trabajo. Era frustrante, porque para aumentar mis conocimientos, necesitaba nuevos casos que tratar. Así que decidí tomar cartas en el asunto.

No me malinterpretes. No corría por ahí infligiendo dolor, enfermedades e infecciones mágicas a los residentes de la Casa de Brooklyn. ¡De ninguna manera! Me los infligía a mí misma.

Al principio me lo tomé con calma: un corte de papiro aquí, una zona de piel con escamas (de reptil) allá, un sarpullido morado y naranja por el resto del cuerpo. Con una venda, un ungüento y un bálsamo se curaban fácilmente. Así que pasé a problemas que supusieran un reto mayor para mí y exigieran hechizos y medicamentos mágicos: desviar y luego enderezar mi tabique nasal, dejarme crecer pelo donde no debería haber y luego recortarlo (Bes me pidió las instrucciones de este mal, pero no la cura), y la temible inversión de ombligo (los que sobresalían hacia fuera se metían hacia dentro y viceversa). De nuevo, unos resultados formidables, sin efectos secundarios.

Estaba de racha y..., vale, lo reconozco, me volví arrogante. Así que me provoqué un tumor alucinante: el Trabalenguas. Se trata de una enfermedad tan rara como dolorosa. La única cura conocida es un hechizo increíblemente complicado que debe recitarse con absoluta precisión. Yo era la única *sunu* capaz de pronunciar el hechizo. El problema es que me había impuesto a mí misma el Trabalenguas que, como su propio nombre indica, traba la lengua. En resumen, la facultad de hablar con claridad ya no era una de mis capacidades.

Frenética, agarré el hechizo y corrí a buscar a Sadie. Ella no es una sanadora, pero sí la mejor lanzadora de hechizos que conozco. Si pudiera soltarme la lengua un poco, yo me las apañaría con el resto.

La encontré en la Sala Grande junto a la estatua de Tot hablando con Carter y Walt.

—¡Bli, glup! —chillé—. ¡Bli, glup!

—Bli, glup para ti también, Jaz —contestó Sadie educadamente.

—¿Es una palabra que usan las animadoras de Nashville o algo por el estilo? —preguntó Walt.

Sadie se encogió de hombros.

—A mí que me registren. Yo no soy animadora. A mí me animan.

—O te abuchean —intervino Carter.

—Srrrdimmm —gruñí decepcionada—. ¡Ffffffttzzz-ttt!

Walt abrió mucho los ojos, alarmado.

—Ra mío, se le ha ido la olla.

—¡Pa, pa, pa, pa, GORP!

—Basta, Jaz —dijo Sadie, levantando las manos en actitud defensiva—. ¡Tampoco hace falta acalorarse!

—Un momento —intervino Carter—. ¡Creo que se está acalorando de verdad! ¡Miradle el cuello! ¡Parece que le arda!

Me llevé las manos rápidamente a la garganta. Ellos me

escudriñaron el cuello y cruzaron miradas de preocupación entre ellos.

—Oh, no. El poder de Sejmet se está manifestando —murmuró Walt—. Tenemos que averiguar qué pasa. Ahora.

Su preocupación se transformó en miedo, y con motivo. No llamaban a Sejmet «la Destructora» en vano. Si yo estaba canalizando esa faceta de su magia...

Rugí... o lo intenté. Me salió un «¡Lii, blblblblbl!» agudo y chillón.

—Jaz —gritó Sadie horrorizada—. ¡Tu lengua! ¡Está toda retorcida! ¿Por eso no puedes hablar bien?

Asentí enérgicamente con la cabeza.

—¿Quién te ha hecho eso? —preguntó Carter.

Agaché la cabeza y me señalé el pecho.

Sadie se puso seria.

—Su camiseta. Ha sido su camiseta.

—No —protestó Walt—. Creo que se lo ha hecho ella misma. Y no puede curarse porque tiene que pronunciar un hechizo. ¿Verdad?

Asentí otra vez con la cabeza, le di a Sadie el hechizo y le lancé una mirada suplicante. Ella miró el papiro y silbó.

—Vaya hechicito. Si me equivoco en una sola palabra,

podría empeorar aún más la situación. A lo mejor deberías esperar a que se te pase.

Contuve las lágrimas parpadeando y negué con la cabeza.

Sadie respiró hondo.

—Está bien. Lo intentaré. Voy a...

Antes de que pudiera terminar, Keops intervino. Había estado mirando y escuchando desde su posición privilegiada en la cabeza de Tot. En ese momento descendió, le arrebató el papiro a Sadie y se lo metió en la boca.

—¡No, Keops! —gritó Sadie—. ¡Babuino malo! ¡Malo!

Él puso los ojos en blanco, escupió el papiro, saltó y me lo metió en la boca. Si alguna vez te ofrecen la oportunidad de probar un papiro empapado en saliva de babuino..., no la aceptes. Tuve arcadas y empecé a escupirlo, pero Keops me tapó la boca con la pata. Solo me quedaba una forma de quitarme el mal sabor de boca: masticar y tragar. Y eso hice.

Keops quitó la pata con un gruñido de satisfacción y se fue.

—¡Puaj, qué asco! —grité—. ¡Que alguien me dé un cepillo de dientes!

¡La técnica de Keops había funcionado!

Walt, Carter y Sadie me miraron fijamente y se echaron a reír.

—Recuérdame que no me moleste en recitar hechizos nunca más —dijo Sadie—. Me limitaré a comérmelos.

—Yo no —dije—. Y ahora, con vuestro permiso, me voy; en algún lugar de esta casa hay un frasco de elixir bucal con mi nombre.

EL CUESTIONARIO DE BAST
por Sadie Kane

Una vez cometí el error de decirle a Bast que me gustaría haber tenido un perro cuando era pequeña. Ella se limitó a mirarme fijamente. Ahora entiendo la expresión «Si las miradas matasen...». —Sadie

Rodea la respuesta correcta:

1. Bast se enamoró de:

    a) Apofis.

    b) Bes.

    c) Ra.

    d) Ninguna de las respuestas anteriores es correcta.

2. Bast esconde armas en:

   a) Sus mangas.

   b) Su pelo erizado

   b) Su amuleto.

   d) Los cuerpos de sus enemigos.

3. Bast tiene miedo de:

   a) Nada.

   b) Tauret.

   c) Horus.

   d) El hilo.

4. Bast daba clases de dos disciplinas en la Casa de Brooklyn. ¿Cuáles eran?

   a) Arañar y maullar para llamar la atención.

   b) Lanzar miradas asesinas y técnica de «¡tú puedes escupir esa bola de pelo!».

   c) Dormir la siesta y aseo gatuno avanzado.

   d) Técnicas para sentarse en cajas de cartón para principiantes y la de «te he traído este ratón muerto».

5. Bast es también conocida como:

   a) El Pedo del Camello.

   b) El Ojo de Horus.

   c) La Garra que Araña.

   d) La Lata de Friskies.

Respuestas:

1. d: La diosa gato no se enamora de otros. Sin embargo, sí que permite que otros se enamoren de ella mientras los ignora intencionadamente.

2. a: Y con armas nos referimos a unos cuchillos muy afilados que saca agitando las muñecas.

Para tu información, cuando tiene el pelo erizado, es señal de que algo la ha asustado. Y cuando se asusta, es probable que agite las muñecas, así que no te acerques a ella. Lleva un amuleto colgado de un collar, pero no es un arma. (Al menos, eso creo...) Si cambias la palabra «esconde» por «clava», «hinca» o «hunde», la respuesta correcta sería la d.

3. b: Tauret es una giganta dócil siempre que a su novio, Bes, no le hagan daño. Como Bast jugó una vez con el cariño de Bes como... en fin, como un gato con un ratón, aprendió a evitar a Tauret. En cuanto a las demás opciones, seguro que sería capaz de enfrentarse a Horus, y la he visto ponerse como una energúmena con un ovillo de hilo.

4. c: Tengo que plantearle a Carter que incluyamos «maúlla para llamar la atención» y «lanzar mira-

das asesinas» a nuestro plan de estudios. Se me daría estupendamente enseñar las dos materias.

5. d: ¿Se tiran pedos los gatos? Sé que arañan, y ten cuidado cuando alguien abra una lata de Friskies.
Pero, obviamente, la respuesta es el Ojo de Ra.
Bast era la defensora de Ra y luchó contra Apofis,
la serpiente del Caos, durante miles de años en las
profundidades del abismo.

TARTA AL RESCATE
por Sadie Kane

Poco después de salvar el mundo de las fuerzas del Caos, recibí un paquete del abuelo y la abuela Faust. Dentro había batiburrillo de cosas que había dejado en Londres, una lata con las famosas galletas carbonizadas de la abuela y esta nota:

Querida Sadie:

Me he enterado de que ese dios babuino chiflado y esa diosa buitre grillada han vuelto a la Duat, que es donde tienen que estar. No alcanzo a entender por qué creyeron que la abuela y yo seríamos unos hospedadores compatibles. Tardamos semanas en limpiar el desorden que dejaron, sin ayuda de la Casa, por supuesto. Los puñeteros magos nunca están cuando los necesitas, solo cuando ellos te necesitan a ti.

La abuela dice que le devuelvas la lata de galletas.

Abuelo

Cuánta emoción tan sincera por su única nieta. Son maravillosos a su manera. Yo los quiero mucho, y sé que ellos también me quieren a mí.

Después de leer la nota y meter las galletas en el cubo de basura más cercano, hurgué en la caja. Entre las distintas cosas había un viejo casete. Carter y yo hemos grabado mensajes en cintas como esa (¿es posible que hayas leído las transcripciones?), pero esta no era de esas. Movida por la curiosidad, la metí en mi vieja grabadora y le di al PLAY.

«Miau.»

Me quedé boquiabierta al oír el inconfundible maullido de Tarta porque, sinceramente, en los seis años que fue mi gata, jamás sospeché que supiera utilizar una grabadora. Ni tampoco que fuera la diosa gato Bast. Ahora en serio, lo de la grabadora me dejó de piedra.

Me gustaría decir que la grabación también me dejó de piedra, pero no contenía más que un montón de maullidos y ronroneos, además de un desafortunado accidente con una bola de pelo que sonaba tan asqueroso en cinta como sonaría en persona. Yo no hablo el idioma de los gatos, pero me acordaba de una palabra divina que el tío Amos había pronunciado una vez para comunicarse con nuestro amigo ruso Leonid. Me pareció que valía la pena intentarlo, así que sostuve la cinta y murmuré: *Med-wah* («Hablar»).

De repente, la voz de Bast sonó por todo el cuarto. También otras voces, pero sobre todo la de ella. Se me hizo un nudo en la garganta al oírla. Pero a medida que escuchaba, empecé a sonreír porque... porque lo que decía era muy típico de Bast.

Entonces me di cuenta de que la grabación era una mina de oro para los aprendices que quisieran seguir la senda de la diosa gato. Así que desperté a Plastilino —el malhumorado *shabti* de cera del kit mágico de mi padre— y le ordené que la transcribiera en un papiro. Lo he titulado *El libro de ser Tarta* porque... Lee los pasajes más destacados que aparecen a continuación y entenderás por qué.

FUENTE: *EL LIBRO DE SER TARTA*

SOBRE EL TRANSPORTE

Julius, siempre os estaré agradecida a ti y a Ruby por liberarme del abismo en el que estaba encerrada. Pero como volváis a meterme en ese transportín infernal, treparé con mis garras por un costado de vuestro cuerpo y bajaré por el otro.

SOBRE LA SIESTA

Solo ha pasado un mes desde que salí de un antiguo obelisco egipcio y aterricé dentro de este gato atigrado naranja.

Pero en ese breve espacio de tiempo, me he vuelto una especialista en dormir la siesta.

SOBRE ARAÑAR

TARTA: ¡Ja, ja! ¡Chúpate esa, maldito tapizado de flores!

ABUELO: ¡Arrgh! ¡Largo, gata!

SOBRE LOS FRISKIES CON SABOR A MARISCO

[*Sonido de Sadie abriendo una lata de Friskies.*]

SADIE: Toma, Tarta.

[*Silencio.*]

SADIE: Venga, come. Es pollo. Te gusta el pollo.

[*Silencio.*]

SADIE: De repente ya no te gusta el pollo. Pues no pienso darte de otro sabor.

[*Silencio.*]

SADIE: Mírame todo lo que quieras. No voy a ceder.

[*Silencio.*]

SADIE: Está bien.

[*Sonido de Sadie abriendo una segunda lata de Friskies.*]

TARTA: Siempre funciona.

SOBRE LOS PELIGROS

Mi principal misión es proteger a mi minina, Sadie. El peligro acecha en cada habitación. De momento, he sometido a una bolsa de papel marrón en la sala de estar metiéndome dentro, revolviéndome y saliendo disparada repetidas veces. En la cocina, he vencido a un trozo de papel de aluminio hecho una bola ninguneándolo durante un minuto entero y luego abalanzándome sobre él. Ahora está en el abismo debajo de la nevera. Nada vuelve de ese lugar tenebroso. También he logrado descubrir a una taza de té que intentaba esconderse en la encimera. Luego la Abuela ha intervenido y ha terminado la faena despachando los restos antes de que pudieran recomponerse y contraatacar.

Hasta la fecha, solo se me ha escapado un enemigo. El misterioso punto rojo surgió de la nada y empezó a moverse rápidamente por el cuarto de Sadie al azar. Sobrevivió a múltiples zarpazos directos y luego desapareció. Esta vez ha huido, pero estás avisado, punto... No volveré a fallar.

Me acuerdo de eso. El punto era la luz del puntero láser de Liz. Seguramente fue una maldad por nuestra parte moverlo sin parar por el cuarto, pero... ¡dioses de Egipto, cómo nos reímos viendo a Tarta perseguirlo!

SOBRE ESTAR CON SADIE

YO: Tarta, ¿por qué siempre tienes que dormir encima de mi cabeza?

TARTA: Si no lo hiciera, tu *ba* podría darse a la fuga.

En realidad, puede que tuviera razón. Cada vez que dormía en casa de Liz y Emma, tenía sueños inquietantes sobre volar. Ahora comprendo que esos sueños eran mi *ba* que abandonaba el cuerpo. Nunca los tenía cuando Tarta se acurrucaba sobre mi cabeza.

YO: Tarta, ¿por qué tienes que quedarte mirando mientras yo practico pasos de baile?
TARTA: ¿Baile? Creía que un demonio había poseído tu cuerpo.

No sé a qué se refería. Mis pasos eran la bomba.

YO: Tarta, ¿crees que papá y Carter me echan de menos?

Por algún motivo, el hechizo *med-wah* no tradujo el tenue maullido de Tarta y sus suaves ronroneos en ese momento. A lo mejor porque los sonidos hablaban por sí mismos.

LA GRAN REVELACIÓN
por Setne

Bueno, ha sido divertido, amigos, pero tengo que largarme. Esta noche es la noche en que digo adiós a mi muerte como fantasma y hola a mi vida como dios. Sí, habéis oído bien. Mientras vosotros estabais ocupados leyendo este libro, yo estaba reuniendo todo lo que necesito para mi espectacular transformación. ¿Un barco con un capitán demoníaco, invocado desde la Duat para llevarme por el Río de la Noche? Hecho. ¿Un amuleto *dyed*, símbolo del renacimiento, robado en la taquilla de Carter? Hecho. ¿Agua marina, conjurada de las olas de una isla lejana? Hecho.

Ah, por cierto, me moría de ganas de señalar la feliz coincidencia del nombre de esa isla, Ilha do Governador. Significa Isla del Gobernador, amigos míos, el mismo nombre que el mundo de plástico del interior de mi bola de nieve. Los nombres tienen mucho poder, ¿verdad? Así que, con un poco de jaleo de magia simpática, utilizaré esa bola maldita para conquistar la isla. Pero no destruiré la Ilha do Governador. Oh, no. La isla se convertirá en mi oasis, la sede de mi poder, el lugar donde podré ver y estar al mando de mi vasto reino.

«Pero, Setne», preguntaréis, «¿cómo es eso posible?». Con el *Libro de Tot*, por supuesto. Sí, por fin lo he encontrado; de entre todos los sitios ridículos existentes, estaba debajo de mi antigua cárcel. Pero ahora es mío. Sus secretos son míos. Su magia es mía. El hechizo de transformación definitivo..., mío.

De modo que esta noche me veré con mi viejo amigo Filo Ensangrentado. Navegaremos por el río. Hacia el final del viaje, sacaré el *Libro de Tot* y empezaré a recitar el hechizo. Cuando la luz sea la adecuada —ese tono morado grisáceo de antes del amanecer—, tiraré el amuleto *dyed* al agua del mar. Un poco más de recitado, y el agua se volverá de un verde azulado mágico. Y mientras mi barco emerge para recibir los primeros rayos de sol, me echaré esa agua sobre la cabeza.

¿Sabéis qué pasará entonces? Oh, no lo adivinaríais nunca, así que yo os lo diré.

¡Renaceré como Wadj-wer, el Gran Verde Azulado, el dios egipcio del mar desaparecido hace mucho, olvidado y siempre subestimado! Y también —reconozco que es un extra fantástico— como diosa de la fertilidad. ¡Es el acuerdo de inmortalidad con dos por uno del milenio! Con el poder de él, controlaré los mares. Con el poder de ella, repoblaré el mundo.

Así que preparaos. Mañana por la mañana habrá un nuevo dios en la ciudad. Y seré yo.

REJET-NÊRATE
por Walt Stone/Anubis

Sí, ninguna de las cosas que Setne ha descrito llegó a ocurrir jamás. Carter, Zia, Sadie y yo anduvimos detrás de él todo el tiempo. Déjame que te explique.

Setne no es de fiar, así que sabíamos que acabaría escapando de su bola de nieve. También sabíamos que no sería bueno que se escaquease sin que nos enterásemos. Así que maquinamos el momento de su huida abriendo literalmente la puerta de su cárcel. *Me ofende un poco que Setne pensase que yo me equivocaría con el sahad-w'peh. ¡Como si fuese tan descuidada! —Sadie*

Una vez que estuvo fuera, me encargué de seguir sus actividades. Como dios de la muerte, puedo ver fantasmas incluso cuando son invisibles. O Setne se olvidó de eso o subestimó profundamente la magia de muerte de Walt, porque andaba como si fuese el dueño de la Casa de Brooklyn.

La trampilla, el armario del material, la cancha de baloncesto, la biblioteca, algunos cuartos..., lo miró todo. **¡Dioses, decidme que mi cuarto no fue uno de los que miró! ¡Puaj, puaj y tres veces puaj! —Sadie**

También hizo unas cuantas excursiones fuera del campus. Volvió de la Aguja lleno de poder, pero por suerte consumió la mayor parte de esa energía hurgando en el cerebro de Cleo. **Hum, no creo que a Cleo le pareciese una suerte. Después de eso tuvo jaquecas durante días. —Sadie** Estuve a punto de perderlo cuando visitó la Duat para buscar a Filo Ensangrentado. Pero volvió, seguramente porque sospechaba que el *Libro de Tot* estaba en algún lugar de la Casa de Brooklyn.

Tenía razón en ese detalle y en que el libro estaba oculto a la vista de todos. Pero se equivocaba en dónde encontrarlo. El libro que había debajo de su bola de nieve se titulaba *Historia del pavimento*, un préstamo de un amigo de Carter de Long Island oculto bajo una ilusión para que pareciese el *Libro de Tot*. El auténtico *Libro de Tot* está en manos del dios que lo escribió. Si quieres verlo, echa un vistazo al papiro que sostiene la estatua de Tot. Pero no esperes demasiado. Dentro de poco vamos a trasladarlo a un lugar más seguro.

Hablando de lugares seguros, ¿te acuerdas de la misteriosa mastaba con la trampilla sellada? Resulta que una de las ventajas de albergar a Anubis son los viajes gratuitos ilimitados a lugares de muerte. Así que bajé, eché una ojeada para asegurarme de que no había sorpresas desagradables en la zona (no las había) e impresioné a mi novia invirtiendo la magia que mantenía cerrada la trampilla y abriéndola desde abajo.

Te recomiendo que no hagas planes para visitar la mastaba en un futuro próximo. Está habitada por un nuevo fantasma: Setne. Múltiples hechizos de contención más una doble ligadura *tas* de las Siete Cintas de Hathor, cortesía de Zia y Shelby (el poder de esa renacuaja es verdaderamente aterrador), deberían retener a ese «cretino siniestro», como lo llamaría Sadie, hasta que Osiris envíe a alguien a por él.

Si Setne se queja, le buscaré nuevo alojamiento. He visto una bola de cristal musical entre los trastos que me mandaron el abuelo y la abuela. Eso debería servir; sobre todo porque toca El baile de los pajaritos, considerada una de las canciones más insufribles de todos los tiempos por una servidora, una y otra y otra vez. —Sadie

MENSAJE FINAL

¡Aj!

Traducción: Has llegado al final del libro. ¿Por qué sigues leyendo? Ciérralo y vete a jugar al baloncesto, anda. —Keops

SOBRE LOS MAGOS
(POR ORDEN DE APARICIÓN)

KEOPS: Aunque técnicamente no es un mago porque no es humano, el babuino de la Casa de Brooklyn puede hacer magia como abrir portales, curar y conversar con dioses y animales. Tiene el pelo dorado, un trasero de vivos colores y lleva una camiseta de Los Angeles Lakers.

CARTER KANE: Hermano mayor de los Kane. Tiene el pelo moreno rizado y los ojos marrón oscuro. Una vez albergó al dios Horus y ahora sigue la senda de ese dios. Su especialidad es la magia de combate. Fue coronado faraón de Egipto, pero prefiere enseñar a los aspirantes a magos antes que gobernar.

SADIE KANE: Hermana pequeña de los Kane. Esta antigua hospedadora de la diosa Isis tiene los ojos azules y el cabello rubio con un mechón teñido de distintos colores. Se trata de una poderosa maga y entre sus aptitudes se encuen-

tran el lanzamiento de hechizos y la apertura de portales.
Sigue la senda de Isis.

JULIUS KANE/OSIRIS: Padre de Carter y Sadie, marido de
Ruby y hermano mayor de Amos. Se sacrificó para convertirse en hospedador del dios Osiris. Como Julius, es un
hombre musculoso, tiene la cabeza rasurada y perilla, piel
morena oscura y ojos marrones, y lleva trajes hechos a medida. Como Osiris, tiene la piel azul, pero es igual de musculoso y lleva una faldita egipcia tradicional, collares y joyas del dios del inframundo.

RUBY KANE: Madre de Sadie y Carter Kane, esposa de Julius
e hija de la Abuela y el Abuelo Faust. Rubia y de ojos azules
como Sadie y poderosa adivina, murió liberando a la diosa gato Bast del abismo en el que estaba encerrada. Lleva
unos tejanos y una camiseta de manga corta con un símbolo *anj*.

ZIA RASHID: Poderosa elementalista del fuego, ha albergado a dos deidades: Ra y Neftis. Su cabello moreno liso enmarca su rostro color aceituna, sus ojos oscuros y sus labios
gruesos. Sigue la senda de Ra.

WALT STONE/ANUBIS: Walt murió a causa de la maldición mortal del rey Tut, pero vive como hospedador del dios Anubis. Como Walt, es un chico guapo y musculoso, tiene la cabeza rasurada y la piel de un tono moreno claro, y lleva ropa de deporte. Como Anubis, tiene unos dulces ojos marrones, la tez pálida y el cabello moreno despeinado, y lleva o camiseta de manga corta y vaqueros con una cazadora de cuero o una faldita egipcia tradicional y un collar de rubíes. A veces aparece en su manifestación con cabeza de chacal. Walt/Anubis es un excelente mago de la muerte y un *sau* (creador de amuletos) muy diestro.

SETNE: Hijo del antiguo faraón egipcio Ramsés II, este mago perverso y manipulador causaba problemas cuando estaba vivo, pero ahora que es un fantasma es todavía peor. Bajo y escuálido y con el pelo moreno grasiento, nariz aguileña, labios finos y ojos negros, lleva vaqueros ceñidos, camisetas, chaquetas con hombreras y montones de joyas de oro. Conocido también como príncipe Jaemuaset.

AMOS KANE: Tío de Sadie y Carter, hermano pequeño de Julius, antiguo hospedador del dios Set y actual lector jefe de la Casa de la Vida. Es un hombre fornido, de piel morena y cabello moreno recogido en trencitas con piedras preciosas. Lleva gafas redondas, elegantes trajes de raya diplomática y la tradicional capa de piel de leopardo del lector jefe. Sigue la senda de Set.

PLASTILINO: No es un mago, sino un *shabti* que originalmente perteneció a Julius Kane. Ahora está en manos de Sadie y Carter.

FILO ENSANGRENTADO: Demonio con cabeza de hacha de doble filo, está obligado a prestar servicio a la familia Kane como capitán de su barco, el *Reina Egipcia*.

LEONID, DE SAN PETERSBURGO(RUSIA): Joven mago de origen ruso con enormes orejas. Chapurrea el idioma de Carter y Sadie y lleva un uniforme militar andrajoso. Sigue la senda del dios Shu.

ISKANDAR: Mago de dos mil años, de arrugada piel morena clara y ojos blancos, rescató a Zia Rashid cuando su pueblo fue arrasado. Anterior lector jefe de la Casa de la Vida, impuso la ley antigua que desterraba a los dioses a las profundidades de la Duat. Murió poco después de conocer a Carter y Sadie. Actualmente vigila las Puertas del Oeste como *ba.*

PERTURBADOR: Dios menor del inframundo de piel azul y aspecto de anciano. Ayuda al dios Osiris.

VLADIMIR MÉNSHIKOV: Mago perverso que planeaba liberar a Apofis de su cárcel y luego convertirse en hospedador de la serpiente del Caos. Ya fallecido, llevaba un traje blanco y unas gafas de sol también blancas que se destrozaron cuando un hechizo le explotó en la cara.

CLEO, DE RÍO DE JANEIRO (BRASIL): Bibliotecaria-maga de la Casa de Brooklyn. Tiene el pelo castaño, habla con fluidez muchos idiomas y es una valiosa investigadora. Sigue la senda de Tot.

FELIX PHILIP: Mago preadolescente aficionado a los pingüinos. Espera descubrir al dios egipcio del hielo. Mientras tanto, sigue la senda de Ptah.

SHELBY: La residente más joven de la Casa de Brooklyn. Esta niña de edad preescolar —alias, «renacuaja»— tiene unos asombrosos poderes mágicos.

JAZ, DE NASHVILLE (TENNESSEE): Maga adolescente y antigua animadora de cabello rubio. Experta *sunu*, o sanadora, de la Casa de Brooklyn. Sigue la senda de la diosa Sejmet.

JEROGLÍFICOS Y HECHIZOS

Drowah: «Limitar»

Faet: «Pasar»

Estupefacto

Ha-di: «Destruir»

Hah-ri: «Silencio»

Ha-tep: «Quedar en paz»

Ha-wi: «Golpear»

Hi-nehm: «Unir»

L'mun: «Esconder»

Mar: «Arcada»

Maw: «Agua»

Med-wah: «Hablar»

N'dah: «Protección»

Nidif: «Limpiar»

Sahad: «Abrir»

Sinean: «Dientes»

Sun-ah: «Revelar»

Tas: «Atar»

GLOSARIO

AARU: paraíso.

ANIMAL DE SET: animal mítico que parece un perro con orejas de forma cónica; criatura de Set, el dios del mal.

ANJ: jeroglífico que simboliza la vida.

BA: una de las cinco partes del alma; la personalidad.

BAU: espíritu maligno.

BENNU: fénix.

DEIFICADO: persona que alberga un dios o una diosa.

DUAT: reino mágico que coexiste con nuestro mundo.

DYED: jeroglífico que representa la estabilidad, la fuerza y el poder de Osiris; también simboliza el renacimiento de Osiris.

ESCARABAJO PELOTERO: insecto conocido por hacer rodar sus excrementos hasta convertirlos en una bola.

ESCRIBA: mago.

ESCRITURA DEMÓTICA: sistema informal de escritura en egipcio antiguo.

ESCRITURA HIERÁTICA: sistema de escritura en egipcio antiguo similar a los jeroglíficos, solo que menos formal.

FARAÓN: gobernante del antiguo Egipto.

GLAMOUR: disfraz mágico.

IB: una de las cinco partes del alma; el corazón.

ISFET: caos.

JEROGLÍFICO: sistema de escritura del antiguo Egipto que hace uso de símbolos o dibujos para denotar objetos, conceptos o sonidos.

JOPESH: espada con filo curvo en forma de garfio.

KA: una de las cinco partes del alma; la fuerza vital.

KANDAKE: reina guerrera.

LECTOR JEFE: líder de la Casa de la Vida.

MAAT: orden del universo.

MASTABA: antigua tumba egipcia con techo plano y lados inclinados.

MEHEN: antiguo juego con un tablero en forma de serpiente enroscada.

MENHED: paleta de escriba.

NETJERI (AZUELA): cuchillo hecho de hierro meteórico que se emplea en la ceremonia de apertura de la boca.

NOMO: distrito, región.

OSTRACON (plural, ostraca): trozos de cerámica rotos utilizados para escribir y dibujar.

PER ANJ: la Casa de la Vida.

REJET: mago especializado en magia sanadora.

REN: una de las cinco partes del alma; el nombre secreto, la identidad.

SACERDOTE SEM: mago experto de nivel superior.

SAHLAB: bebida caliente egipcia.

SARCÓFAGO: ataúd de piedra, a menudo decorado con tallas e inscripciones.

SAU: creador de amuletos.

SENET: antiguo juego de mesa en el que se apuesta.

SERPOPARDO: animal mítico de largo pescuezo.

SHABTI: figura mágica hecha de arcilla o cera.

SHEN: eterno; eternidad.

SHEUT: una de las cinco partes del alma; la sombra.

SISTRO: sonajero de bronce.

SUNU: sanador.

TJESU HERU: serpiente de dos cabezas, una en cada extremo del cuerpo, y patas de león.

TYT: nudo mágico y símbolo de Isis.

UDYAT: Ojo de Horus; símbolo de poder y salud.

UREUS: serpiente alada.

WAS: poder; báculo.

CLAVE DE LOS JEROGLÍFICOS

A	B	C	D	E	F	G
H	I	J	K	L	M	N
O	P	Q	R	S	T	U
V	W	X	Y	Z	CLAVE	

Descubre tu próxima lectura

Si quieres formar parte de nuestra comunidad,
regístrate en **libros.megustaleer.club**
y recibirás recomendaciones personalizadas